癒し系小説

おGおBaそれに僕

森本正昭

22世紀アート

目次

おGおBaそれに僕（その一）

猫の独白

その猫は一人の子供が熱心にピアノを弾いているのをじっと聞いていた。人間にはこんなものが面白いんだな。これならオレにもできると、毎日「タラランッタッタ、タフラッタッタ」を繰り返して弾き込んだ。そうして弾けるようになった。子どもたちは「すごいね、この猫」と誰も彼もその猫を賞賛したものだ。しかしある日、これは「猫踏んじゃった」の繰り返しであることを知ると、「とんでもないことだ」と言ってピアノは弾かないことにした。人間に背を向けて立ち去ろうとすると、子どもたちは大声で歌を歌いピアノを強音で弾いた。お前たちそれでいいのかい。オレは人間から遠ざかることにした。

その後オレは一人の少年に出会った。怖そうなおＢａさんと暮らしている少年だけれど、オレの無二の親友である。

おＢａと暮らす

（注）以下ではＢａをＢと略記します。

最近汚らしいサビ猫がうちの庭にやってくるけれど、お前さんが連れてきたのかい。わぁみつかったか。飼うのは無理だなと思っていると、飼いたければ飼ってもいいよ。と言うではないか。驚いたねこれは、まさか、飼ってもいいなんて言うとは思わなかった。

その猫は黒と茶の混じった毛並みをしており、たしかに汚らしかったので乾いた布で拭いてやったがひどく嫌がった。僕は猫の扱い方を知らなかったのだ。それでも名前をピョン太とつけることにした。

僕はなぜかこのおBと二人で暮らしていた。おBと僕が外出し、おBの知人と道で出くわすと、おしゃべりが始まってなかなか終わらないので、僕は一人で先に家に帰ってくる。その話は止まらないのである。よく喋る人と喋らない人が世の中にはいるものだ。よく喋る人が家にやってくるともう大変だ。そんなときには僕はピョン太を連れて外出することにしている。

おBが東京にやってきたのは、ある資産家の弁護士と結婚するご縁があったからと聞いている。一般的には人が都会で暮らすのはそこには仕事があるからである。なんとなく地方から大都会に憧れてやってくるのは流行の先端都市であるからだろうか。

僕はおBの家で暮らしていた。場所は東京郊外の某市で僕は広い敷地の家に住み、広い部屋が与えられていた。ひとり遊びが好きなので、その暮らし方に満足していた。おBもひとり暮らしが好きだと言っていた。

地震で家が揺れることが時々ある。おBは地震がよほど嫌いらしく小さな地震でも大げさに驚くふりをした。そして過去の地震体験を話し出すのだった。

僕はフンフンと相づちを打っているけれど、また同じ話かと思うときは、それを遮るために「おBは今の僕と同じ歳だった頃は、何をして遊んでいたの」と聞いたものだ。すると地震から別の話に変わるのだった。

こんなこともあった。

東京で言えば自慢の風景は遠くに富士山がチラッと見えることである。随分離れているので富士山は見えないと思っていると遠方に意外に大きい富士山を目にするときは感動ものである。それがいつの間にか近くにビルが建築されて富士は見えなくなる。

住む家に太陽光がさんさんと当たるのと当たらないのでは大違いである。前方に背の高いビルができると陽が当たらなくなり、その長い影が我が家に覆いかぶさってくるのは大変な迷惑であり、ショックでもある。その建物のすべての窓からこの家の様子がすべて見られてしまうのも耐え難いことである。ひとたびそうなってしまうとずっとそのままで太陽を拝むことができなくなる。油断できない。

そんな場所から転居してはと言われても安易にやれるものではない。それでも我慢を強いられるのは耐え得ないことである。都市への人口の流入はいずれこのような事情に取り込まれる。おBは夫が生きていた時期にはこんな難題も難なくこなしていた。夫は口の達者な弁護士だったからである。業者が建築計画を実行しようとすると、夫は法律を盾にしてその非を指摘した。若き日のおBも住民代表の顔をして乗り込むのだった。

おBの家は敷地も広く陽が照らないことはないのだが、それでも次第に陽の当たる時間が短くなっていった。こんな事があると業者に掛け合いに行くのがおBの仕事になった。一人で充分だった。おBは巨大商業企業とも戦っていた。相手が女であると見ると、企業側は故意に住宅建築に無知で声だけが大きい若者をぶつけてくるのだ。弱小商店側の相談相手になって巨大商業企業と戦うのである。

おBは決して怯まない。多数決なら負けそうなときでも負けないのだ。まずこう切り出すのだ。

「優れた考え方は常に少数派の方にあります。多数派の側に切り込むには随分時間がかかるので、当初には無視されることもあるが、諦めることは決していたしません」と話し出すのだ。時間がかかることを強調するのだ。悪い奴ほど時間を恐れるものだ。

この家に人が何人もやって来ることが多くなった。大声で満面の笑顔で話をする人や、反対にヒソヒソ声で話をする人もいて人様々である。おBに何かを依頼しているようだ。それを当人に質すと、もうじき市会議員の選挙があるから、それに出てはどうか、出ればきっと当選しますよという誘いにやって来るのさと言っていた。市会議員の選挙があるので立候補してはどうかというのだが、本人はやりたくないという返事をしていた。日頃困った人の話を聞く役割を担っていたので適任と思われたようだ。そのうちにおBの標語（キャッチフレーズ）を考えましょうということになって、「地域に光を」、「民主主義を広めよう」「子供をふたたび戦場に送らない」「健やかな子供を育てる〇〇市」などが合言葉のようになっていた。おBにはどんな標語が適するのか、僕も考えてという人がいた。それなら「おしゃべりだけは上手なおB」「忘れないでボクの小遣い」と書いておBポストにそっと入れておいた。なかなかいい出来じゃないかと思っていた。

結局この提案をおBは受け入れて市議会議員選挙に立候補するのだが、選挙結果は当選と落選のギリギリのところでやっとこさぁの当選だった。

しかしこれでおBと僕の二人だけの生活が一転するのだった。

ここでもう一つおBの特徴を挙げる。それは買い物上手なことであった。どの店に何がいくらで売られているかを細かく把握していることだった。生鮮食品を始め生活用品に幅広い知識があった。問題といえば高齢者は買い物に対する知識が乏しいことと、買い物に行くこと自体に困窮しているのである。代わりに買ってきてくれるなら大助かりなのである。

さらに一人暮らしの老人の場合、一人前の少量の生鮮食品は売っていなかった。今では白菜や大根を４分の１に切り売りしているが、スーパーの初期の段階にはそれはなかった。おBはそれを知っていて店頭で４分の１に切ってもらってきてそれを老人世帯にとどけてあげるという個人サービスをするのである。これは大変な人気を博し、おBの家では割安の購入ができるのだった。便利グッツの購入も幅広くやっていたけれど、これらはおBが個人的に利益を上げるのではなく、まったくのサービス行為なのである。おBのやり方をスーパーが学び、定番化したものが多いのである。いわば買い物アドバイザーの草分けというところである。

おBが僕を育てることについてはおGとの間で協定ができていたようである。二人とも僕を跡継ぎとして育てたいと名乗り出たと聞く。二人は遠く離れたところで暮らしているので、まずどちらかがその最初の役割を果たさなくてはならなかった。子が幼少のときは母親役が重要なのでまずはおBがそれを担当した。少し大きくなれば男親役として、おGが取って代わることにしてはという約束で二人親の子育てが開始したと聞く。

おGとおBは私信を交わして子育てをやってくれていたのだが、意見が異なるとしばらく対立的空気が立ち込めて、険悪な雰囲気になる。それを僕は敏感に感じ取ると、そのたびにある精神的発作に見舞われるのだった。地域のかけ離れた二箇所で子育てがうまくいくのだろうか。おBから始まったけれど何年か経てば親がおGに変わるその期間をどうするかも決めていなかった。おGに引き渡すときは三年後で、引き渡しは現在の親が僕を連れて行くことにする。そんなやり方がすんなり行くのだろうか。幼児は少年になり更には青年になっていく。この成長と発達の重要な繋がりを真の親ではない親がうまく関われるのだろうか。

おBが市会議員になったという話をおGは風の便りに聞くことになった。この時期はその切替に丁度よいとおGから何度も私信が舞い込んだ。自分の身に何か重大なことが起こり始めるといち早く察する。こういうことがあると、僕の身体に重大な変化が起こるのだった。誰にも告げていないのだが、あ！　あれだといち早く感じることになった。初めてではなく以前にもあった。我が身に重大なことが起こりそうになると、感覚的異常が起こるのだ。これはどうしようもない。避けることはできないのだった。詳しくは後の節で紹介する。私は驚いて家を飛び出していくのである。ピョン太を連れて行くといくぶん治まるのだが、ピョン太がいないときにはいささか慌てふためく。後に自分の環境が激変するときの自己防衛反応ではないかとヤブい医者が言っているのを聞いた。おBが市会議員として公式の顔を持つようになってからはその頻度が増加していった。そのことを誰にも告げず、僕は一人で悩んでいたのである。でもしばらく放置すれば事態は安静化するので決して騒ぎ立てるようなことはしていない。

この現象を纏めておく。ある事態が僕の感覚器官の中で突如として起こるのだ。いま意識している視野が急に狭くなる。僕を巡って大人が言い争っている姿と声が小さくなりやがて声は聞こえなくなる。視覚と聴覚が異常に陥《おちい》るのだ。この変化は今までに何度か起ったのでまた来たかと思う。その症状を見捨てておくとどうなるのか不安の塊になった。僕はどうしたら良いのか分からず途方に暮れる。昼間ならピョン太を連れて外に出ていくのだが、夜になってから起こることが多い。それでも僕は大声で泣いたりはしない。実の親はすでに亡く、誰も助けてくれることはないと知っているからである。

屠殺前と後。食用として飼育されている動物だって同じことが起っているのではないだろうか。飼育係が変わるとき、いち早くその変化を感じ取るのだ。食用にされる動物は飼育係が屠殺係に変わるとき、その変化にいち早く気づき、視野が狭くなり音が聞こえなくなることで自己防衛をする。極めて短い時間の間に自らの運命の行き着くところを知るのではないか。

僕の飼育係が養子縁組のような血統維持に舵を切ったとき、僕の神経は違う方向に動き出すのだ。それでも何事もなかったかのように僕こと伊吹（僕の名前）は振る舞った。唯一の味方、ピョン太にすがって逃避しようとする。野良猫だったピョン太もその感覚がわかっているようで、僕を守ろうとカラダをずっと寄せてくる。この事象はみなし児同士の助け合いなのかもしれない。お互いに困らせたりはしないのだ。

「産めよ殖やせよ」の時代に

先の戦争の戦前１９３０年代には我が国の人口増加は年１００万人くらいであったが、１９３８年になると人口増加が急速に減少傾向を示した。原因は日中戦争の影響と人口が大都市に集中する傾向を見せると、従来の農村型の人口構成が異なってきたためである。厚生省はこの傾向に驚き、１９３９年（昭和14年）９月、子供を増やそうというスローガンを発表する。それが「結婚十訓」である。その第十訓に、「産めよ殖やせよ国のため」が掲げられて一人歩きをしたと聞く。

さらに日本の人口政策を当時の総人口７２００万人から、20年後の１９６０年には１億人にすると発表した。具体的には婚姻年齢を3年早め、一夫婦の出生数を平均5人にするとしていた。さらに国民の多産計画を実現するため多子家庭の表彰をすることを発表したのである。その結果、日本全国で多子家庭が急増した。全国での最高出産数は長崎県のある家庭でなんと20年間に16人のお子を誕生させたという。大変な奮闘ぶりである。現在の日本では少子化による人口減少に歯止めがかからず、大きな社会問題になっている。戦争準備の時代ながら、国策で表彰制度を発表するだけでこんな無謀なこともできるのかと驚きを感じる。

表彰のご褒美は生まれたばかりの赤子でも大人並みの食料増配があったと文献で目にした。さらには多子家庭の父親の徴兵免除が暗黙に行われていたのではないかと想像する。

多子家庭はいつも賑やかで、子供同士の争いが絶えないものだ。戦後になると食糧難から食卓は酷《きび》しい状況になっていった。小学校では最低限の健康を維持するため栄養不良の児童を集めた肝油組ができて肝油が配られ、回虫検査も実施されていた。肝油組には多子家庭の子が多かった。

個人的見解ではあるが多子家庭の子は長男や長女など年長児の健康は守られ

ていたが年齢が下の子たちは虚弱児童が多かった。親が戦死や戦災死で死亡する事態では、残された子を親世代の兄弟が面倒を見なくてはならなくなる。兄弟が複数人いるときは、養育の期間を区切って死亡した長男の子供のタライ回しが行われた。それはただ事ではなかった。長男の子はなぜか過酷な目に遭うのだった。一族の嫡男である長男の子は何かと恵まれた待遇を受けていたのに、タライ回しされると、一転して牛小屋の藁の中に寝かされたり、ご飯のおかわりはもらえなかった。かつては優しい叔母さんだったのに、鬼婆の表情を見せたりする。この変わり様の原因は何だ。その厳しさに絶えられず、家出失踪した子もいた。文献1には実話を絵物語で見ることができる。

（文献1　星野光世　「もしも魔法が使えたら　戦災孤児十一人の記憶」、講談社、2017）

この小説に出てくるおGとおBはそうではなく僕は厚遇されていた。世継ぎをする子がいなかったので全く逆で大事にされたのである。その差は天と地の隔たりがあった。

僕も長男の子だった。長男の嫡子として大切に育てられた。それが父母が次々にこの世を去るという事態の中で、子供一人だけが遺された。父母の縁者はどうするかと相談を始めるのだが、僕を見つめる目は決して文献1ほど悲観的ではなく意外に暖かさが交錯していた。おBとおGは長男の実の妹と弟だったが、おBは結婚して姓名は違っていた。だが二人とも子がいなかったので僕を引き取ろうとした。温かい目が交錯していたというのは、二人とも僕に強い関心があったからだろう。育てたいと思ったのは自然のことだった。もしそれが叶うなら子孫を将来につなげると思ったのだろう。おBは都会にいる弁護士と縁があって結ばれたが若くして夫が死亡し子はいなかった。おGは独身を通していた。当然子供はいなかった。この事情では僕に目が向けられるのはありうることだった。どちらが育てるかと相談しているとき、そばにいる僕の身体に謎の視聴覚異常が起こることがあった。二人の話し合いが難航して大声があたりに響いていたからかもしれない。

決まったのはおBがまず最初の育ての親になり、三年後におGが引き継ぐ。それを三年毎に繰り返すことにした。おBは三年後に僕の手を引いておGの居住地に連れて行くことも約束事の一つだった。それが決まると立派な人間に育つように努力しようねと二人とも意欲満々だった。

バトンタッチ（おBからおGへ）

約束を果たすため、おBは僕とピョン太を連れて旅に出た。当時の列車は東京大阪間で約8時間を要した。おBの常識では車中一泊の夜行列車を考えた。しかしピョン太も連れて行くので日中の列車に乗ることになった。目的地は遥かに遠く紀伊半島の山中であった。そこで僕はおGと暮らすことになるのだ。

僕のことを巡っておBとおGの間で手紙や電話のやり取りがあり、約束の養育交代が行われるらしい。こういう事態では僕には謎の感覚異常が起こることがあった。ここではその説明は省略する。おGに会ったことはある。良さそうな人だが、あの人と暮らすのかと思うと僕だってそれなりの覚悟がいるんだよね。ピョン太はどうするのかがまず気になったが、おBとピョン太では相性は良くないので僕が連れて行く。学校は転校するしかないよね。学校は全校生徒500人の大きい学校から全校生徒50人くらいの小さい学校に転校することになるらしい。別に嫌じゃないよ。こういうときはいいことだけをイメージするしかないと思うのが僕の習性だった。

おGのところへ行くため東京発の特急列車に乗った。乗ってしまえば順調に行くはずなのが簡単にはいかないものだ。僕は外の景色をボーっと眺めていると、おBが急にソワソワしだして途中下車しようと言い出したのだ。それはだめだよ。この切符が無駄になっちゃうじゃないかというと、また買えばいいさとあっさりと言う。海の景色が見える駅で降りてしばらくどうするかを考えているようだった。若い時の記憶を呼び戻し、タクシーの運転手にこうこうだ、ホテルの名前はすっかり忘れたけれど、木々に囲まれた平屋のホテルだった。

新婚旅行で来たことがある。フランス料理が絶品だったなどと説明する。そこに行ってみてというと、運転手は戸惑いながらも目的地の方角を目指してゆっくりと出発することになった。おBは上気していた。もしあのホテルが存在するなら、ぜひ泊まってみたい。おBはその気になっている。むかし主人とそのホテルに泊まったことがあり忘れることのできない場所だった。そのホテルはまだ存在していますかねとおBは運転手に問いただすのであった。運転手も流石である。曖昧さを凝縮すると森の中に佇むホテルに静かに近づいていった。支配人らしき人物が庭で何か作業をやっていた。おBはひどく丁寧な物腰で、お尋ねいたしますがと話しだすと、支配人らしき人物はニコっと笑って、「あー！たちばな様ですよね」、と確かに言ったのだ。お待ち致しておりましたというではないか。想像の世界が急に目の前に現れることになったとき、古い記憶はファンタジー化する。おBは茫然として立ちすくんでいた。「私は十年ほど前でしたでしょうか、夫と二人でここに宿泊いたしました。あの記憶がいま完全に蘇っています」と言うと、支配人らしき人物は「忘れるものですか、つい先日のことにしか思えません」と言いながらそのホテルの重いドアを押して内部に入っていくのだった。

僕の感覚異常の状態もすっかり消えてしまっていた。何かとても不思議な体験の再現が始まっていた。僕はおBが「このホテルに泊っていく」と言いだすのじゃないかとヒヤヒヤした。結局のところ現実に引き戻したのはゲイジに入りっぱなしだったピョン太だった。外に出たいようとウーウーと訴えていた。おBはレストランで小休止をしたあと、陶酔したような表情が消え、現実が蘇ってくるとたくさんの荷物を手に持って再び旅の続きを演じることになるのだった。

名古屋に着くとおBはここでは名古屋名物の味噌煮込みうどんを食べようと言い出したのだ。いつも食べていたうどんとはちょっと違う味覚でこれもまた過去に味わった食であった。という具合で僕が預けられる場所・おGの住む場所にはなかなか到着しないのだった。それがこの旅の重大な使命であることをすっかり忘れているのだと思えた。

しかしついにおGの居住地に近づいた。おGが駅まで迎えに来るという約束は守られていなかった。途中下車をしたために、待ち合わせの時間は消し飛んでいたのだ。駅には誰もいなくてまるで無人駅だった。おGは駅に来ていたのだろうが、食欲と記憶の旅で次々と約束を違えてしまったので、到着駅で出会うことはできなかったのだ。どうしたらいいのかと不安になった。駅員に尋ねると男の人が何度も足を運んでいたと言う。駅から電話してあげましょうと言って電話をかけてくれた。しばらくするとおGらしき人が手を振りながら駅に近づいて来るのが見えた。

ピョン太とおBはぐったりとしていた。駅と言っても東京の駅とはまるで違って、駅にも駅前にも人がいないのである。そこからはテクテクと上り坂を歩くしかなかった。思いの外、遠くて長い坂道がいつまでも続いていた。やっとおGの家にたどり着いた。途中で買い求めたお土産、食べ物ばかりだがこれも数が多くて大変な荷物になっていた。僕はおGのためだと思って汗だくになりながら運んでいった。おGの家からは駅が遠方に小さく見えた。おG

の家は小高い山の上にあった。見晴らしが良い場所だった。大きくて長い旗が入り口に立ててあった。君たちが迷わないでここに到着できるように立てたのだよと言っていた。

おBはすっかり疲れてしばらく寝かせてと言って寝てしまった。よく来てくれたな。疲れただろうと言ってくれたが、僕はこの新しい場所に興味が湧いていた。夕食として買ってきたうなぎ弁当を食べると、ぐっと疲れが襲ってきて全員で雑魚寝をすることにした。猫族は知らない家に入るとまず隠れ場所を探す習性があって、隠れ場所から周囲の様子を探る、これは野生動物の特性であるらしい。ピョン太は隅っこから目を光らせていた。

帰るときにはおBはひとりで帰ることができるのだろうかと僕は心配した。それを見届けるためにふたたび、僕も列車に乗るのじゃ笑い話にもならない。また味噌煮込みうどんを食べて、またあのホテルに行くのじゃないだろうなと心配でどうしようもなかった。おGとおBは僕のことを話しているようだった。二人で僕のこと、今後のことを色々聞いていると、また例の発作が起こりそうだったので僕は二人のことを忘れて、ピョン太とおGの家の周りを散策することに時間を使った。

知らない人に出会うと、僕は東京からおGのところに来ました、よろしくねというと、皆さんが先生のお孫さんかねと好待遇をしてくれた。おGはこの辺ではよく知られた人物らしいことが判った。

その後しばらく経ってからのことだけれど、その中に水車小屋に住む山村さんがいた。山村さんは元村長さんだと言う。よく喋る人だ。ものの道理を話すのが好きらしい。

「人はいつも目標を持っていなければならない。キミはどんなことをやりたいのかな。東京ではどんなことをやっていたのかな」と聞かれた。「おBさんの買い物を手伝っていたのね。買い物をする知識が豊富で一人暮らしの老人の手助けをしていたんだよ。僕が品物を届けると皆さんは大変喜んでくれたね。学校に行くのはとても好きだった。たくさんの友達とお話ができるからね」。

「目標は唯一つじゃなく、複数持っている方が役に立つことが多いと思うね」。

「キミのおBさんは一人暮らしの老人を助ける活動をやっている、素晴らしいことだ。それだけじゃなくて書道の師範もやっているそうだね。また最近の市会議員の選挙で当選されたとおGから聞いている。活動の分野がだんだん広くなっているそうだね」。

「おGさんは碁の先生をやっている。私はその弟子なのだ。他には動物と繋がるために動物の話し言葉を研究している。もっと前には天体観測をやっていたね。碁石を並べることと、天体の星座の形には関係があるかもしれないね。碁の力はとても強いんだ」。

「このようにただ一つのことに精を出すだけじゃなくて、複数のことをやっていると、唯一つのことをやっているときより、もっと力が出る」と山村おじさんは演説し始めた。

「キミはまだ若い。自分の気に入っていることを色々やってみるといい。私は以前にはこの村の村長をやっていたので、この村を出ていく若者にはいま言ったことを忘れないように伝えているんだ。ちょっと難しいお話になってしまったね」。

しばらく経ってから分かったことだけれど、おGは気分の良い朝には大きい声で歌を歌うのだった。戦時中に聴いた「子を頌《たた》う」という歌はその一つである。そうでなければ「会津磐梯山」を歌う。こちらは学生時代に友人から教わったという。今日は子供の歌を歌っている。恥ずかしいくらいの大きい声で歌うのだ。どうやら僕を迎えて嬉しいことの表明であるらしい。でもとても恥ずかしいことだった。

「会津磐梯山」を歌うときは、今日は仕事に行く日だぞという合図のようなものだったが、これを僕の親代わりが歌っているので僕にはとても恥ずかしいものだった。

「子を頌《たた》う」の方は次のような歌詞である。

「太郎よお前はよい子供
丈夫で大きく強くなれ

お前が大きくなる頃は
日本も大きくなっている
お前はわたしを超えて行け」

（作曲　城　左門、作詞　深井史郎）

僕はいつの間にかこの歌詞を覚えてしまった。これ、まさか僕のために歌っているのじゃないよね。子供への期待を大声で歌うのはやめてほしいものだ。

認知症序曲

この時期からずっと後のことである。どう考えてもあのときのおBの行動は変であった。通常と違っていた。滅多にしない旅行のせいだと思ったが、それでも異常さが感じられて戸惑いを感じたのである。いつもと違うので心配だった。

老人というにはまだ早い齢で、このときの旅行は僕を遠い所に送り出すことであり、その途上に突発的に亡き夫との思い出の場所への再訪問であった。

人は問題行動を起こすとき、その背景に封印されていた深い悲しみや怒りが心を支配している。それに対して優しかった人たちからの支援を期待しているものだ。哀切と苦悩が隠されている。夫との別れ、愛する少年の引き渡し、若さからの惜別の念が込められていた。それで思い出の場所に食欲を理由にして途中下車しようとした。これは旅立つ前から計画していたとは思えない。なぜなら、なにも特急列車のチケットを買っているので、通過駅に途中下車をする必要はないのではないか。旅行の目的は僕とピョン太をおGの住む遠隔地に届けることである。他にも不可解なことがあった。あのホテルのマスターのことだ。本当におBの過去の宿泊時のことを覚えていたのだろうか。十年以上も前のことであろうに。「たちばな」様ですよねと確かに言ったのだが、その直前におBのほうが「お久しぶりでございます。私は「たちばな」と申します」と、名前を告げていなかったか。それをマスターは「あのときの「たちばな」様ではございませんか。お待ちしておりました」といかにも記憶していたかのように語り返したのではないか。いかに特徴のある顧客であろうと、そんなに記憶のいいホテルマンがいるものだろうか。物腰柔らかく紳士然としたマスターはそれを高等なビジネス対応術として日常的に使っているのではないか。もしピョン太がゲイジの中から唸り声を挙げなかったら現実に引き戻されなかったであろう。

これがおBの認知症序曲ではなかったかと僕は思っている。

過去の断片的光景を覚えているが肝心のホテル名やホテルの特徴、場所などはうる覚えであった。こういう人は騙されやすいのだ。

旅の目的が判からなくなっている。

ピョン太の入ったゲイジを見て「これは何、汚い猫だね」。

ボーッとした表情で「これからどこに行こうとしていたのかな」。

「どうして途中下車したのかなあ」「僕がお土産を買う」と言ったからじゃないか。

あのときの僕はどうしたらいいのかさっぱり分からず、困惑の中にいた。しばらく駅のベンチに座っていると、おBはやっと思い出したようだった。「旅の続行だ」とためらうように自分と僕に号令をかけてきたのだった。

おGと暮らす

僕はなぜかここでおGと二人で暮らしている。ついこの前までは東京でおBと暮らしていた。それは東京だけあって結構面白い所だったけれど、ここに来てからはまた違う意味で面白くて楽しい毎日を過ごせている。

おGは僕と暮らすために駐車場経営者の管理人として働いてくれているそうなのだ。ただし週に二日だけである。その日は僕はひとり暮らしだけれど、決して嫌じゃない。楽しいのだ。東京から連れてきた猫のピョン太もいるしね。

僕は東京にいるときは熱帯魚を飼っていた。小さい水槽に釘付けになっていつまでも見ていても飽きることはないので、おBは呆れていたね。

おGの家の近くには水量の豊かな川が流れていて水面を見るとたくさんの魚が泳いでいるのね。水槽の熱帯魚どころじゃないよ。自然そのままなんだ。だから僕はここでも釘付けになったね。その中に大きな魚がいてゆうゆうと泳いでいるのだ。実にゆったりと流れに乗っている。川の周辺は緑が覆っているので川の水も緑色に輝いて見える。東京の川なら魚はたちまち捕らえられて食料にされてしまうのじゃないかとおGに話をすると、

「あの魚をもう見たのかい。あれはな、この地域では神様と思われている。その周りをたくさんの魚が一緒になって流れていっただろう。その魚は神さんだからな。誰も捕らえて食べるはずがないのだよ。そうかい。神様に会ったのだね。この川は綺麗だろう。神さんにはそんなに簡単にはお目にかかれないのに、お前はここに来たばかりなのにもう神魚に会えたわけだ。きっとお前は歓迎されているね。いいことがあるよ」。

「そうなの。いいことがあるって本当かな。その魚は僕に泳げるかいと聞いて

きたけれど、返事をためらっていると、どこからか波乗りの板が飛び出してきて、乗りなさいと言ってくれたのね。僕は泳げないので困っていると水中に引き込まれてしまった。私の背ビレを掴んでいなさいというので言われるままに背ビレを掴むと川の流れに乗ることになった。どんどんと流れていったね」。

「君はこの土地に慣れていないけれど、冒険をしてみないかい。河口が見える辺りまで行ってみよう」。

「流れは実にゆったりとしていて快適だった」。

「どう、楽しかっただろう。帰り道は君一人で帰るのだよ。これはちょっとした冒険なんだ。楽しい体験ができて、この周辺のいろんなことを知ることができるし、冒険は楽しいものだと気がつくね」。

それは危ないことだったけれど、よく帰ってこられたなと、おGは心配そうに僕の身体を怪我をしていないか調べていた。

「帰り道は自分ひとりで帰れと言われたのだね。道に迷ったり危険なことには出会わないよう鳥老人に頼んであったから何も心配しなかった。鳥老人とは老いたトンビのことでね」。「確かにトンビが降りてきて、私の言う通りにすれば何も心配はないよと言ってくれたんだ」。

この夢のようでファンタジーな冒険の結果、このあたりの地理に詳しくなったし、友達もできた。道のりは子供には結構あったけれど、動物と知り合いの仲になれたのは楽しいことだった。水車小屋の水辺の茂みで狸の家族に出会った。僕を見ると穴の中に逃げ込んでいったが、可愛らしい姿を見ることができた。童話や童謡に登場する狸はポンポンと腹を叩いたり、化けたりする。おGの友人の山村さんに化けますかと尋ねると、化けないよ、「狸寝入り」をすることはあると言っていた。猟銃の音を聞くと死んだふりをするらしい。帰りがけにもう一度、狸の住処のあたりを通ると、子だぬきが四匹も動き回っていた。それで僕はすっかり元気になることができた。

この冒険はどうやらおGが僕を元気になるよう魚の神様や鳥老人に頼んでくれたことだったと後で知ることになった。おGは都会で育った子供は派手に動き回るのだろうと想像していた。だから自分が駐車場の仕事に出ている日には子供の面倒を見てくれる人が必要だったのだ。危険なことは感じなかったけれど水車の回っているところや滝のあるところは危険だからと、いろいろ教えられることがあった。

川の上りと下りはどちらが楽かと言うと、下りと思うでしょう。だって水が上流から下流に流れているからね。その流れに身を任せればよいのだから。でも本当は下りは身体を硬い岩にぶつけたりして危険なんだ。水車には巻き込まれないようにしなくてはならないのね。山村さんの家は水車の番小屋の側にあると聞いた。水車は昔の動力で、いまでも精米や穀物の粉を作るのに使うらしい。山村さんは僕を見つけると、両手を高く上げて大げさに左右に降ってくれた。

それからナル滝という滝があってここは危険な場所だった。ナル滝を下るときは懸命に水と戦って抵抗しなくてはならない。そうしないと硬い岩石に身体を激突してしまうのだ。鳥老人が空から降りてきて、あーせいこーせいと教えてくれた。帰りは滝の横の弱い流れのところから滝の裏側に回ってそこをよじ登れと教えてくれた。やってみると大したことではなかったね。そこを通過すると前方におGの家が見えたのですっかり安心できたね。僕は鳥老人にどうもありがとうとお礼を言って別れた。そこからはもうおGの家の領域だった。僕は駆け足でおGの家に駆け込んだのだ。

今日の冒険はこれで終わりだった。すごく面白かったね。

何が面白かったかと言うと、おGの友達は動物が多いことと、塞ぎがちだった僕を力づけてくれるために動物や水車小屋の山村さんに頼んでくれたことが嬉しかった。これで僕もこの地で暮らしていけることになったと思う。このときはピョン太は連れて行かずに留守番をしてもらった。僕の気持ちを直感できる賢い猫なのだ。

おGは若いときは、夜間高校の教師をしていたそうだ。ある時期には天空の星の観測をしていた。新星の観測に成功すると、自分の名前をその星にかぶせて命名できるのでそれを喜びとする。しかし新星の発見は容易ではないことがわかるにつれてその無意味さを嘆く状態になっていった。夜間高校の教師なので昼夜逆転の生活を維持しなくてはならなかった。天文台を作るなどと思いを馳せていると、技術的には全天空の映像を録画してそれを機械的にサーチする方法ができあがると、新星の発見は一個人の努力では不可能になっていた。生徒たちにその話をすると先生それはやめた方がええよと言われてしまった。

夜間に家の周りを動き回っている動物がいることに気がついていた。おGの知り合いの動物は知人というよりも友人づきあいをしている動物なのだ。それじゃあ宮沢賢治童話の「セロひきのゴーシュ」のように、夜半に動物が家をトントンと叩いて動物家族の癒しのためにやってくるのと同じじゃないか。トントンと叩くことはなくても、家の近くにやってきて鳴き声で合図しているといった具合だったらしい。それでおGは天体観測よりも、動物たちとコミュニケーションする手段を考えるようになっていた。つまり動物語を理解できればこれはすごいことになるぞと思ったのだ。家に近づいてきて声を出す。おGは餌になるものを外に出しておくと翌朝にはすっかりなくなっている。その代わりにお礼のつもりなのか泥のついた根菜が置かれていた。

おGが歳をとってからのことだが昼は地元の校長先生が碁を打ちにやってくる。山村さんも碁を打ちにやってきた。暇つぶしの趣味じゃなくておGを師範として指導してもらうことが目的でやってくるのだと聞いた。おGはそんなにできる人なのかと気がついた。だって校長と元村長が先生先生と言って碁の打ち方を習いに来るのだから。

僕は面白くもないのに盤面を眺めている。白と黒が入り乱れて戦う陣取り合戦だそうだ。

師範がトイレに行くとかで席を外したとき、僕は白石を黒石に変えるいたずらをやってみた。その反応が面白かった。おGは顔を赤くして何だこれはと焦っている。その反応はどうしようもなく面白かった。

僕の犯行だと理解るとG師範は僕が碁盤に近づくのを拒絶しようとした。普段は見られない表情をするのだ。さらに僕を避けようとした。これはいけない。するとあの発作が始まるのだった。奇妙に視野が狭く遠くなり、聴覚が異常になったりする。以前にお話したとおりである。またかと思って犯行のお詫びをするのだが、おGは叱ったりはしない。この症状は今までに何度も起こったのだが、この地に来てからはこれが起っても平気で気持ちが萎れるようなことはなくなっていた。それはこの地域の人々の話し言葉が優しい方言であることが関係していると感じていた。

この地域では東京で話していた言葉とはかなり違う言葉を皆さんは話しかけてくる。のんびりした癒し系の言葉なのである。「あのなー、ワシはなぁ、今日は○○に行く日なんさなあ」とまあなんともゆっくりした話し方ですね。誰とも争わず、他人の話はあまり聞かず、ゆっくりゆっくりとしゃべるのである。伊勢の山田弁である。話を聞いていると眠くなるし、日が暮れる。僕はこの話し方に馴染んでいった。「僕はピョン太と家におるよ。危ないことはやらへんからな」と答える。危ないことはやりませんから、安心してという返事である。

ピョン太は家の中の動物、その他の動物は家の外の動物。それで彼らの間で、その関係性に問題が起こっているようだ。宮沢賢治の「セロひきのゴーシュ」ふうの表現をすると、昨夜はトントンと家のドアを叩いて、動物が熟したトマトをドアの前に置いていった。「なんだ、おGが庭に植えたトマトやないか」。ピョン太様にではなく、あなた様にとトマトの表面に書いてある気がした。少年の頃は動物との空想を追いかけるのが好きだった。戦時中は連日上空にやってくる米軍機を撃ち落とす空想に浸っていた。日本は被害を被ることばかりだった。どうにもならないだけに空想するだけでも意識を自己満足に追い込んでいたのだと思う。

おGは空想ばかりしているときの僕の表情をよく知っていて、ときどき咎めた。

「空想はやめとけ、空想は考えてるときはいいが、結局は役に立たん。現実との落差が大き過ぎる。もっと現実に目を向けろ」と。

東京から転校してきた子供は山深い地域では人気があった。同級生の誰もが友達になりたがった。僕は友達が多くなるにつれてこの地が急速に好きになっていった。

それでもおGは将来どんなことをやりたいのか考えてみてはどうかと言って

いた。やりたいことと言われても何もなかったので、おGに問い返してみると自分がやりたかったことを並べるので、この僕に自分の過去を押し付けているだけじゃないかと思った。

少年たちが遊ぶのは深い森の中の秘密の場所だった。上空に敵の爆撃機B−29が飛来した頃のことが話題になった。上空からは俺たちの姿は見えないはずだ。高射砲があったら撃ち落としてやりたいと何度も思ったと少年たちは銃を撃つ真似をした。僕は東京にいたので空襲に遭ったという話をした。悔しくて堪らなかったとも言った。その頃の話を少年たちは聞きたがり戦争の記憶を共有しようとした。僕はこの森に囲まれた場所を空想の森と呼んでいた。遊び疲れて我が家に戻ろうとすると、いつの間にかあたりは夕闇に包まれていた。

……

森が深いので、夜の暗さはなお深く、足元よりも上を向いて歩いていく。黒い樹々の隙間からそれでも星空が輝いていた。

このあと、僕は少年から青年へと前進することになり、空想グセからも、奇妙な感覚異常からも完全に抜け出すことができたのである。

おGによる僕の養育期間はもうとっくに過ぎていた。それを知ってか知らないでかおBへの次の受け渡しは遅れていた。おBは忙しかったのだ。そうです。市会議員の役目以上に多くの人の面倒を見ていたからである。約束の三年が過ぎていることは知っていたけれど、忙しさに過負けて、おGに連絡することすらできなかったのである。

（つづく）

おGおBaそれに僕（その二）

ふたたびおBの家へ

少年のころ、僕は亡父の慰霊祭に参列することがあった。一度じゃなく、何度も。

「あなたのお父さんの分まで生きてあげてください」

参列してくれた弔問客のうち、何人かがそう言ったのだ。若年の少年が喪主であったりすると、心してそういう言い方をしたに違いない。

そんなことはありえないよ。僕の命は僕のものであり、それにさらにプラスして故人の残余年齢を付加するなんてありえないじゃないか。加算の結果が百歳をはるかに超えたらどうすりゃいいのさ、と心の中でつぶやいていた。まあいい。若年死した父親の無念さをその息子に託すときの決り文句のような弔慰の言葉なのだろう。

父が戦場で戦って亡くなったとして、平和な時代にその意志を引き継がねばならないのだろうか。

おGも同じような言い方をすることがあった。僕が仕事を手伝わないでいつまでも遊び呆けていると、亡父を引き合いに出して、あの人は努力を怠らない人だったと注意されたものだ。

でもおGは僕が学校で体験したことなどには関心を持って口出しをすることはしない人だった。勉強しなさいとは一度も言わなかった気がする。父は陸軍士官学校出の軍人だった。陸軍大学を目指していたそうだ。この平和ボケの国にあって父の分まで引き継いで行くといえば、陸軍大学を目指さなくてはならないのか、おGどうすればいいのさ。戦死者の思いを受け継いで行くなんてありえないことではある。ましてや陸軍大学は時代錯誤である。でも宇宙大学ならどうか。面白そうだ。相手は地球に向かって飛び込んでくる小惑星や流星である。これらが地球にぶつからないように軌道修正するための研究をするのは重要な課題であるし、面白そうだ。それに天体観測はおGが過去に志向していた分野である。

私自身が成人になって以降のある日、私はこの言葉を使ってしまい、慚愧に堪えない心境になったことが一度だけある。某大学に勤めていたときのことだ。同僚の教授が外国に交換留学で派遣されたときだ。彼は一年間の学術交流の後、帰国直前にその地の思い出にと同僚の教授と観光旅行を楽しんだ。そのとき、交通事故に遭い帰らぬ人となった。私はお別れ会に参加したとき、その先生の遺児と目が会った。「あなたのお父さんのご意思を継ぐような人になってください」と言ってしまったのだ。真面目そうな表情をした彼は高校三年生だと聞いた。これは不覚なことを言ってしまったと後悔した。遺児は涙をためて頷いてくれたのだが、ひと時代前の私そのものであった。

おGは僕にどんな方向に進むつもりかねと聞いてきた。僕は答えに戸惑っていると、

「ワシのようにはならん方がええぞ」と言っていた。

おGとの長い歳月を終えてふたたびおBの元へ身を移すことになった。おBは大都市に住んでいたので、大学進学を契機にそうせざるを得なくなったのだ。養父母になるべく経済的な負担をかけないように国立大学入学を目指した。

僕がいなくなることが決まってからのおGの後ろ姿がいやに寂しそうに見えた。元村長の山村さんがいつものように囲碁を打ちにやってきたときのことだ。

「これから寂しくなるな。どうだ。いっそうおGはおBと一緒に住めばいいのじゃないか。結婚する手もあるんじゃないか。実の兄妹は結婚できないけれど、子供を作るわけじゃなくて、同居すればいいんじゃないか」

「そうすれば跡継ぎや相続の問題も一気に解決するのじゃないか」

おG「それはだめだ。理由は二つある。ワシはいまさら大都会に住む気はない。もう一つはおBが同居を拒否している。なぜかと言うと、今は一人暮らしを楽しんでいるのに、急に男二人（おGと僕）と同居すると、家事やなんやで奴隷のように世話をしなくてはならないだろう」。それはおBが何より嫌なことだった。

元村長「家事ならこの田舎でずーっとやってきたじゃないか、できないわけじゃない。おGはなんでも自分でやる主義だよね。他人に頼らずに。生活することに慣れているよね」

おG「あれでも大和なでしこだから、同居するとなったら家事一切が女の負担になるという古い日本のしきたりに従おうとするさ。日本の女はそういう教育を受けてきた」

元村長「他の案も考えられる。近隣に住めばよい。広い敷地内に別宅を建築する手もあるんじゃないか」

おG「こんないい所に住んでいるのに、大都会のビルの谷間に喧騒に耐えながら住むなんて考えられないよね。ここでの友人といえば村の住民と動物たちだけれど、見捨てていくことはできないよ」

僕は「歳をとったピョン太とその子孫、狸の一家、鳥老人に魚の神さんらはみな健在なんだよね」とおGの友人について一言付け加えた。

元村長「それでもこの話し合いをおB、おGと僕の三人でやったらいいよ。東京に行くのじゃなくてこの田舎におBに来てもらう案も考えられる」

元村長もおGもそれはいいとニッコリした。

ということで、この話は中断して、いつものように二人は碁盤に向かった。その日の勝負はおGが珍しく大敗して終わった。囲碁の勝負に集中できず、気が散ったに違いない。

周辺の謎

この地にあって、見ておかなくてはならない場所があった。おGの家の漠然とした敷地の外側で、木々や雑草の生い茂っている場所、そこは足を踏み入れてはならないと思い込んでいた場所である。そこに入り込む用はなかったのであえて踏み込んだことはなかった。この地は誰かが所有しているとも思えなかった。

木が二本は林、三本は森、四本は密林（ジャングル）、そんな字はないのだが。そこは木が四本の森だった。草木の枝葉が全くの自由に成長しているので、人が入り込むのは難しい。それでもお構いなくずんずんと進んでいく。しばらくすると前方に空間が開けており、一塊の岩が侵入を阻止しているかのように立ちはだかっていた。何だこれはとその辺りを地質学者のように観察していると、その岩になんだか親しみを感じることになった。お前さん、こんな所に一人でいたのかい、寂しくはなかったか。宇宙を横切るように斜め方向に地面に刺さっている。赤茶けた肌色は鉄隕石か、「宇宙から来た仏像」の感があった。植物に覆われているが、平然と上空に目をやっている。地下から這い出てきた火山岩のようには見えなかった。僕は全面を覆うように生えている蔦類の植物を剥がし切り取ってやった。岩は上空を眺めやすくなったと喜んだに違いない。僕はこの地を離れる。お前はもっともっと宇宙を飛びたかったろうに。ここから信号を送ればよい、とだけ言って探索をやめ、その地を去ることにした。家に帰るとおGが何かあったのか、誰かに会っただろうと言っていたが、僕はそれを無視して移住のため持ち出す荷物をまとめにかかった。

誰にも別れを告げずにこの地を去るつもりだった。おGと二人きりの生活は僕には寂しすぎたかもしれない。それが「宇宙から来た仏像」に出会ってから気持ちは変わった。

寂しさには限界がある。去りがたさの哀情をかけて別れを告げようと思った。翌日たくさんの食料を抱えて友人の動物たちと学校の友達を訪ねた。みな笑顔で迎えてくれた。僕はこの地を去るドラマの主人公を演じることになった。

おGは僕を育てるにあたって、駐車場経営者のところで働き、生活費を稼ぎに行く、と僕には告げていた。でもこれはどうやらウソであったようだ。その時期この地に新しい首都を作るという大きい構想が持ち上がっていたらしい。おGはその委員として構想案作成に参加を依頼され、そのために県庁所在地に出かけていたのだ。僕たちの住む地域一帯が首都機能を移転する候補地になっていたという。こんなときは大きい計画案をぶち上げる必要がある。おGは内心は開発には反対であった。こんな素晴らしい地域をつまらない都市化構想に身を委ねるわけには行かない。死活問題である。

しかし反対の意思を示すだけでは意味がないのでしばらく他の委員と意思と行動を伴にしていた。もし反対するだけなら、明日から来なくてよい、と言われて一巻の終わりである。僕の去就にそんな問題があったのかと知らされたのは驚きであった。おGの過去のページに次のようなことがあったと聞く。

スピーチ広場

おGのことだが、ある時、地方都市の公園のベンチで休んでいると中学生くらいの子供と高齢者の二人が近づいてきた。

「あなたはここで何をしているの」と声をかけてきた。

「今日はいいお天気なのでここで陽を浴びているんだよ」

「そんなことしていていいの」と中学生が何故か手厳しく非難を浴びせてきた。

「どういうこと？　なにかご用ですか」

「うちのお父ちゃんが言うには、あなたはとてもいいお話を聞かせてくれる人だと言ってるよ」

「ああそうか私は昔この場所でお話をしていたことがあるからね」

だいぶん以前のことだけれど、このあたりの広場でなにか懸命に話をする時期があった。この場所はスピーチ広場として紹介されたこともある。人は自由に何を話してもよいという前提で話を始める。でも聴衆がいなくてはお話にならない。それをあなたは聴衆が集まらなくても何かを訴えようとして語りかけていたので、聴衆は次第に集まってくるのだった。

国は国民に「健康で文化的な最低限度の生活を保証する」と約束をしている。

「憲法に書いてありますよね。それって一体何かをお話したことがある」

「特に文化的に最低限の生活というところに興味を持っていたのでね」

「選挙のある時期には国会議員になりたい人がところ構わず、自分の名前をがなり立てているけれど、あなたはまったく自分の名前を叫ばないで話そうとするところがよかったね。またやったらいい、やってほしいね。場所はここがいいね。やってくださいよ」と老人が言った。

でもいまさら何も話すことが浮かばない、日本人はこういうことは得意ではない。国によって演説が好きな国民がいる。政治家を目指す人や弁論好きの人が一席構えるといった場面であり、聞く人の耳も肥えているのだ。あのヒットラーはスピーチ広場で演説の才能を磨いていったと聞く。

人は環境によって人柄が変わるものだ。おGにはこんな時期があったとは意外なことだった。そんな才能があるのならぜひやったらいい、やってほしいと僕も思った。

成長を求めて

僕は再びおBの家に移住することになった。これはもう懐かしさが一杯で、その懐かしさに心が揺さぶられる。最寄りの駅についたら駅からおBの家の方に向かってゆっくりと歩いていこう。あの道を歩けるなんて楽しさに胸をふくらませていたのだが、最寄りの駅はすっかり姿を変えていた。駅前はまるで東京の中心街でもあるかのように人混みに包まれていた。街はすっかり事情が変わってしまっていた。それでも駅からおBの家の方角は変わらないはずだからと思って、その方向を辿っていく。

ああこの道、まるで童心を掻き立てるような道である。その方向にお菓子屋さん、玩具屋さん、帽子屋、文具店、洋服店などが集まっている。ここは何度も通った道である。おBは僕に色んなものを買ってくれたものだ。道端に長椅子が置いてあり、噴水広場があった。ここを通過すると懐かしさの詰まったおBの家に近づいたことを意味していた。その辺りはこんもりとした木々に覆われていた。ついに到着。おBがいなくても入り込む方法を知っているので門をくぐって中に入って行くつもりだった。しかし門は固く閉ざされていて呼び鈴を押して許可を得なければならない仕組みになっていた。やむなく呼び鈴を鳴らしてみた。すると「お待ちしておりました」と女性の声がした。それと同時に一匹の猫が飛び出してきて、その後を声の主と思える女性が姿を見せた。まず出てきたのはおBではなかった。猫はピョン太を思わせるサビ猫だったが、もちろん違う小猫であった。女性は明里という名前で、おBの私設秘書をしていること、猫の名はルナだと告げられた。おBも顔を見せてくれた。お入りと言って抱えていたカバンを持とうとしてくれた。ずいぶん歳をとったが元気さは以前と変わらなく見えた。でも「お名前は何だったかね」とキョトンとしているのは気がかりだった。僕の名前を忘れたのかな。家の前面には「橘事務所」と書いてあった。これからはその隣に男の名前（僕の名前）を鷲尾息吹と書き入れたいのよね、と言う。ぜひそうしたい。その方がよいと嬉しそうな表情を見せた。

僕はこれからずっとお世話になりますと言った。

僕の部屋は小さい頃使っていた部屋と同じだった。長い間誰もこの部屋に入ることはなかったのか、僕が幼少年の頃のままなのに驚いた。誰にも貸さず、整頓もせず過去のままである。玩具たちも僕を見出すと、驚いて手を大きく振っているように見えた。おBが以前の状態のままを維持してくれたことに感激を覚え感謝した。

女性はおBに負けないくらいよく喋る人だった。僕は相槌をうつだけでよかった。大学の話になると私も同じ学窓でもう卒業した。あんたはど田舎の高校からよく合格できたものだね、教養のある山猿が教えているのかな。などと笑いながら言っていたが聞こえなかったことにして無視した。好人物ではなさそうだ。

おBはこの屋根の下での恋愛は厳禁だからねと言っていたけれど、想像だにしないありえないことだと思った。

おBは最近記憶力が鈍って人の名前を思い出せなくなったり、人違いをすることが多くなってきたのね。それで次の選挙には出ない、明里に跡継ぎをしてもらうつもりだと言う。冗談だろうが、伊吹（僕の名前）も次の選挙に出ないかと問われたのだが、僕はまだ十八才で選挙権もありませんねと答えた。

次の日のことだ。僕は朝早く目が覚めたので部屋の掃除をしたり邸内を歩きまわったりしていると、おBが出てきて「あなたはどなたさんでしたかね。庭仕事は9時からにしてください。」というではないか。これは大変なことになったと思った。これから同居してやっていけるかなと心配になってきた。「はいわかりました。」と返事をするしかなかった。

大学生の生活が始まる

僕はおBのために何かできるだろうかと思い、明里に相談した。すると車を運転するための免許をとってほしいと言う。大学よりもまず運転免許取りに熱中しなくてはならないのかと思った。この市内に病院はあるのだけれど、隣人や選挙民に知られるのはまずいので少し離れた地域の病院に行くことにしたいと言う。あの人、痴呆だと後ろ指を指されるのは人気商売にはまずいという判断による。良からぬ噂を立てられたくないのだった。僕は大学生じゃなくこのまま運転手になるのかなとも思った。まあいい、おBのためだと頑張るしかなかった。車を運転していると副産物としてその地域一帯の地理に詳しくなった。

おBはいつも痴呆状態(当時はまだ認知症という病名は使われていなかった)ではなかった。特に家の中にいて、僕の部屋にやってくるときは過去に見せていた明るい表情と変わらなかった。

認知症の人にはその人が元気であった頃の写真を見せたり、楽しかった頃の体験話をしたりすると、みるみる元気になることがあると聞く。おBにとっては僕を育てていた頃の話をその頃の部屋の中ですると元気を取り戻すようであった。それでこの部屋を過去のまま残したのだなと理解できて僕は涙ぐんだ。しばしばここでお話会をすれば良いと明里も納得してくれた。これがおBに平常な心情を取り戻す一つの方法であることが判った。

僕は大学の授業にも出席した。なるほど大学での講義は一段とレベルの高いものであることが理解でき、学習には意欲が湧き弾みがついた。知識の断片ではなく学問としての方向性や奥行きを説明してくれる先生の話に興味を抱いた。

こんな話を聞いた。「孤独」の「独」という字だが、けものへんに虫と書くのはなぜだ。誰も想像も及ばない。元の字は桑の葉にじっと張り付いている目の大きい虫がいる。「獨」がそれだ。この字の中に虫が隠れているだろう。これを描いた象形文字から来ている。ただ一匹がくっついて離れない。ドイツは独逸と書く。欧州のあの地に張り付いたすぐれた国ということらしい。羊は群れをなし、犬は一匹で持ち場を守る。なんと素晴らしい説明なのだろうと思った。後で漢和大辞典を引いてみると何のことはない、先生が言ったことがそのまま書かれていたのだ。

僕が大学生になって一番感心したのは変な話ですが、トイレの落書きのレベルが高いことだった。トイレの落書きといえば卑猥な絵が書いてあるものだが、大学生のトイレにはそれがなく、狭い空間には哲学的な格言のような記述が多く、学ぶことが多かった。当時原口統三の「二十歳のエチュード」が学生の中で流行していたのか、その哲学的思索の記述や詩の断片が多数書き込まれていた。僕は知らない世界を教えられるままに、原口統三の同書を夢中になって読むきっかけになった。

冒頭にこんな文章が平然と書かれていた。

「告白。僕は最後まで芸術家である。いっさいの芸術を捨てた後に、僕に残された仕事は、人生そのものを芸術とすること、だった。」

ランボー、ニーチェ、ベルグソン、ベルレーヌや、カント、ヘーゲル、ショーペンハウエルなどドイツの哲学者、中国の詩人、李白、杜甫、陶淵明などが随所に登場する。

これらを見ていると通じが固まってしまうので、その場に長時間滞在することは避けなければならない。

そして原口統三はハタチになる前に入水自殺を遂げている。

明里の言った、ど田舎の山猿に高校の教科を教え込まれた自分には見知らぬ世界であったので、原口らの関心の深さに感嘆し、たちまち引き込まれていった。大学の教養課程では、そこに書かれた哲学者像がしばしば登場したので、遅れてきた少年にも理解は深まっていった。原口が同郷の兄と慕う清岡卓行の「海の瞳―原口統三を求めて」や、「アカシアの大連」も読むことになった。

それにしても原口は「人生のエチュード」で深く思索し、俺はおBの介護かと、その目標の違いに苦笑する。

おBはこれまで病状を自認しながら、医者には診てもらっていなかった。医者にかかるための医者探しが始まった。もの忘れ外来、精神内科が対象になったが具体的に目標は絞れなかった。おBが求める医師像は厳しいもので、柔しく患者に語りかけてくる医師よりも厳格な体質の人物を良い医者と認識しているようだった。出会った医師の研究分野を尋ねると医師の側からの拒否に出会うこともあった。おBは柔しい医者は即拒否し、あれでは治らないと呟くのだった。結果は何のことはない、同じ市内の某医院の医師を選ぶことになった。

僕はと言うと、都会には馴染めないと思っていた。他人がこちらの領域に土足で踏み込んでくるのが嫌だと思っていた。ところが車を運転していると狭い車のスペースは自分のものでその中には誰も踏み込んでこないので、その狭いスペースが気に入っていた。その中にはおBや明里が入り込んでいるのだが、二人ともその空間が好きらしくて僕の運転する車に乗り込むのが好みのようであった。まあいい。

まるでヤング・ケアラー＊

注＊家族の介護・家事を行う小中高生などの若年者のこと

明里は選挙に出ることに期待と願望をかけているのだが、選挙の時期が近づいてくると落ち着かない様子だった。おBのあとを継ぐことでその期待が実現できればよいのだが、選挙民は後継者と認めてくれるかどうかはわからない。それがなければ無名の若者である。議会に女性の声を送るというスローガンを掲げていた。選挙が近づくとかなり自制心を失っているようだった。市議会議員の構成は男性が圧倒していた。明里はおBの面倒を一切僕に肩代わりして、選挙運動に専念する時間を作り出そうとしていた。掃除、洗濯、炊事が僕にのしかかってきた。これは堪らないとんでもないことだ。それで僕は大学の授業に出席することを最優先にすると宣言した。それで対立関係になることが多くなった。二人ともなんとかこの局面を切り抜ければと考えていた。

この事態は後に若年介護（ヤングケアラー）と呼ばれる若年者の悲劇の様相を呈することになっていった。

ヤングケアラーとは若年者（小中高生）が家事、介護の一切を行う情況を言う。学校、社会との接点を失ない、孤立する。誰にも打ち明けれない。被介護者の指示に従わねばならない。

僕はこの家に住まわせてもらっている。学費の世話にもなっている。都会の事情にまったく無知だった。僕はちょっと変わったヤングケアラーになっていた。

明里のことだが、僕は本心ではこんな若い娘が古い体質の地方議会で活躍できるのかと疑っていた。おBのところに市議会の議員さんがやって来る。おBに推薦を受けて選挙民の票をもらおうとしているのだと聞いた。どの人も歳のいった太った体格の男ばかりだった。焼き鳥の食べ過ぎだ。議員さんだと聞かされたが、もし当選するとあんな老人たちと渡り合って仕事をするのかなと思うと無理だねと思い少し笑えた。明里は僕の薄笑いに何がおかしいのと切り込んできた。ああ怖い怖い。

実の親なら打ち明けできるだろうが、僕の親は遠い昔いなくなっている。ここにいるのは養子縁組を望んでいる仮の親である。仮の親の方が圧力が強く強引である。逃げる自由はある。ヤングケアラーのヤングとは中学生や小学生が多い。僕は大学生だから逃げたらどうなるのか。その前に学生寮の空きを問い合わせするか、学費は奨学金を期待するか、外国の大学もかすかに視野に入った。

食事の準備をするにはまず食料を買ってこなくてはならない。それをどうするのだ。頭が回転停止になった。あのおGは何でも自分で作っていた。広い庭に野菜を作り収穫してはそれを調理して食卓に出していた。米ですら自分で栽培していた。僕はおGのやり方の方が理解できたので、自分もそれをモノマネして学習していた。都会では出来合い品を店に買いに行ったり、食堂に食べに行ったりするようだ。簡単なようでも僕には親しめなかった。

選挙の行方

選挙の行方はどうなったのか。驚くべきことに明里は見事に当選したのだ。当選者の上位に名前があった。予想以上の結果に当人も驚きの声を上げた。時代の変化なのか、若手新人の当選が多く、しかも女性の新人が三人もいた。

しばらくしておBの家を事務所に貸してもらえないかと来た。おBはそのとき僕の顔を見た。いいのかいというサインであったらしい。僕に発言権があるとは思わなかったので僕はおBの顔をじっと見ていた。頼ってきた者がいるとき決して排除しないのがおBの流儀である。この家にやって来る人が一段と増えることになった。

おＢの症状は進行しているようには見えなかった。身近にいる人が増えてくると気が張っているのか元気にしているように見えた。僕の部屋に入ってきてはどんなことを勉強しているのと気を使ってくれた。うれしいことに、僕の名前を間違うとか忘れることもなくなったようだ。自分の周辺が良い方向に前進していることを喜んでいることは明らかだった。

私は二歳の時に父を亡くした。なんとまあ。でもそんな悲劇を紹介するつもりはない。おＧおＢは父の弟妹なのだが、この二人に守られて大学生になるまで結構楽しい幼少年時代を過ごすことができたと思っている。

陸軍士官学校の同期会

同窓会を開催することが好きな人がいるものだ。同窓会をやるので参加してほしい、参加してくれるよねという具合に勧誘されることがある。学生時代を懐かしみ、その時代を思い出そうとするのか。私は過去の記憶の中に戻るのは好みではない。あまりにきつ過ぎるのでね。それでいつも忙しいのでと欠席することにしている。

そんな私に亡父の卒業した陸軍士官学校の同期会から、今回は慰霊の意を込めた会を開催するので、同期生の遺児の方も出席してほしいとお誘いが来た。亡父のことは記憶はほぼない。古びた写真から知る知識しかない。お誘いのあった同期会に参加すれば、亡父が生きていた頃のことを知る稀なる機会かもしれない。これは特別なチャンスであると強い関心を抱いた。

この同期会に参加することで、初めて父に出会う気がしたので私の期待は大きいものがあった。開催場所は東京都内の有名ホテルの広間だった。私は事前に予備知識を入手していくことにした。その同期会は筆頭に皇族の竹田宮様がなっておられたので「竹の会」で通っていた。会場は竹田宮家の敷地内にあった。卒業は昭和五年（１９３０年）で、卒業生は２１８人、私が彼らに抱いていたイメージは二・二六事件に登場する行動的な青年将校たちであった。開催の時点は終戦から十数年を経ていた。私は某官庁の研究所に勤めていた。皆さんはどのような考えを抱いて戦後を生きてこられたのか。名簿の中には戦死、自決、刑死と書かれた人がいる。重苦しい状況が同居していることがわかった。軍人が激しい戦闘経験を経て生き残ったことと死亡したことの間に大きい隔たりがある。戦前戦中には軍人に対する絶大な期待感や憧《あこが》れがあった。それが敗戦後まで生き残った方々には表現不能な哀れみの感情しか抱くことはできない。その落差は喩《たとえ》ようもなく大きい。

士官学校は軍の将校を養成することを目的とした学校である。全国で200名程度の英才を募集するのだから、そこに選ばれることは超エリートであることを意味していた。極めて恵まれた人たちである。死亡された方もいるが、生存率はどれくらいなのかにも関心があった。それでも現実に生き残った方々の集会には、そのどこかに父がいるような気がしてならなかった。そこから私を見ているのではないか。父に恥をかかせてはならないという気になって、なにか立派なことを自己紹介としてお話をした記憶がある。その頃私は原子力関連の仕事に就いていた。その時点では今日言われる危険性よりも、安価なエネルギー源として使用する期待感の方が遥かに高かった。研究者の知識レベルは高いものだった。同期生の子息が日本の未来に繋ぐような話をしたので、オーという歓声が挙がったのを覚えている。

出席した旧軍人一同はどんな服装だったかまったく印象はない。まさか軍服で、軍刀を腰にさげてはいなかった。入り口から室内を眺めるといくつかの塊で彼らは談笑していた。マルチメディアのマルチスクリーンを同時に見ている感じですかね。その何処かに父が居て話し込んでいるのではという錯覚に捉えられた。それで違う画面を次々と繰り返し見ることになった。

緊張しているときは小部屋であっても広く感じるものである。私は大勢の未知の人々に出会ったのだ。亡父のことを知っている多数の人にいつのまにか取り巻かれていた。

やがて主役の竹田宮様が入室されると一同は起立して宮様に敬意を表わす。

皇室に対する礼を捧げるしきたりがこの社会では大切にされているのを強く感じた。私も初めての体験であったが、同じ動作の真似をした。軍人精神の中には皇室崇拝と日本精神が戦後であれ厳守されていた。

死亡者の遺児は大勢参加するものと思っていたが、わずかに二人だった。これはとても意外なことであったが、私はその理由を想像することもできなかった。この同期会では戦死者が少なかったのかな。

この章で「私」とは「僕」の成長した姿であるが、著者自身のことでもある。

集合写真を撮る

軍人や兵隊さんの集団ではしばしば集合写真を撮るものらしい。記念写真を撮るその日までは生きていたという生存の証拠写真になるからだ。正月や陸軍記念日のような記念すべき日に写真を撮る。同期会ともなれば無理をしてでも駆けつけたのではなかろうか。軍隊では人員の補充がなければ次第に人数はポツポツと少なくなっていく。そんな写真を貼り付けた古いアルバムが我が家には残されていた。当人とその家族には大切なものである。

そのため軍隊の集まる兵舎の近くには写真屋が多くの店を構えていたと聞いたことがある。前列の中央に並んでいる将校たちの顔ぶれも次第に変化していく。集団写真ではなく個人写真を撮る人はその写真を親に送付することを本人も親も楽しみにしているのである。

私が就職試験の面接に臨んでいた頃、士官学校卒業者が採用者側の試験官にいて、予想もしないことだったが、「私はあなたのお父さんを知っていますよ」といきなり言われたことがあった。それは感動を揺さぶられた体験であった。

企業が要員を採用するとき、どんな人を採用するかということだが、中には片親に育てられた子を優先的に採用する経営者もいるようだ。ワンマンな経営者なのだろうが、自身が人一倍苦難に耐えて生きてきたので、その秘めたエネルギーを発揮してくれることを評価しているのであろうか。

なぜ片親で育った子がいいのか。わかりやすいのはスポーツ選手にこのタイプが少なからずいることである。ある長距離の走者はいつも亡父がともに走っていることをイメージしているので、持久力の強さを発揮できる。プロの選手の中には逆境を力に変えて頑張るので実力を超えてすぐれた記録をだす者がいる。観客はその姿を感動を込めて見ることができる。

鬼十則で有名な電通の元社長・吉田秀雄氏は好んで片親の応募者を採用した。みずからが片親で育ち養子に出された体験から母に報いるために懸命に頑張った体験をもとにしている。採用した片親の社員には特に心遣いを忘れなかったと聞く（永井龍男「この人 吉田秀雄」より）。

靖国神社を守る

アメリカは日本を占領するに当たって、日本の国家神道を危険視した。ナチズムと同じ思想ではないかと判断していたからである。軍隊と軍備を解体してもこの思想があれば、軍国主義が再燃するのではないかと恐れた。その象徴的存在が靖国神社であった。それで靖国神社は焼き払われることになる危機にあった。

ＧＨＱ（連合国軍最高司令部）が靖国神社に認識していたのは軍国主義的役割だけだった。もし信教の自由の原則によるものなら他の宗教と同様に保護してもよいと考えていた。それを実証できる機会がやってきた。天皇が主催する臨時大招魂祭が行われることになった。これは２００万人を超える戦没者をすべて召魂する前代未聞の大招魂祭であった。ＧＨＱのダイク局長がそれを監視に行くという。靖国神社の運命を決する事態となった。日本側はこれを阻止すべく知恵を絞った。

列席する陸海軍の高官に極めつけの指令を出し内諾を得た。出席者は軍服ではなく、背広に着替えてもらった。軍楽隊の吹奏楽ではなく、雅楽が演奏された。軍のカラーを薄くしたのである。当時の権宮司・横井時常氏は奇抜なアイデアを次々と考案したと聞く。その結果、ＧＨＱの高官は目尻を下げてくれたようだった。これがＧＨＱの懐柔に役立ったようだ。

天皇陛下バンザイ、を唱えて戦死した兵士たちは死んだら靖国神社で会おうと約束して戦場で戦ったのである。靖国神社が焼き払われたら魂の帰り着く場所がなくなるではないか。

生き残った士官学校の同期会の面々はこのような危機的状況を背負って、懸命に活動したと聞く。遺族に働きかけて、ＧＨＱにおびただしい嘆願書を送りつけたのである。その効果が大きい影響をもたらし、靖国神社は焼き払われることはなく現在に至っている。

武装解除の名目で軍刀も廃棄の対象となった。武器になるものは徹底的に解体されたり、海に捨てられた。海中の魚たちはこれは何だと驚いたに違いない。遺族の家に残されていた軍刀を使えなくするため、半分に切断されたりした。

これは昭和の刀狩りと言われた。さらに関連する書籍や資料類も廃棄させられた。焼却された書物はいつまでも燃えていた。少年であった私はそれが悔しくてならなかった。ほぼ唯一の遺品であったからである。

海に沈められた軍刀はどうなったか。銀色に輝く太刀魚になった、というのは軽い冗談である。軍人たちが大事にしていた軍刀も銀色に輝いていたのである。

やがてこのような戦禍のくすぶる時代は終わり、平和な国として経済的にも成長し優位に立てる国家として日本は発展していくのだった。

次のステップへ

その後、おGとおBそれに僕はどうなったのか。

ある日、おBが「この家の敷地は広すぎる。雑草園でもあるかのように、夏ともなれば雑草が生い茂る。土地を売ってくれという人が何人もやってくるのね。どうしたらよいだろうね」と呟いた。

「新しい建物を建てて人を呼び込みたい」とも言ったのだ。

「人を呼び込むってどういうこと？」

「それを若い皆さんで考えてみてくださいよ」

「人のお役に立って、喜んでもらえるようなアイデアはありませんかね」

「貸しビルを建てて、屋上はビアガーデンにするっていうのはどうでしょう」

「それなら誰でもできるでしょう。もっと知的なことがいいな」

「ひょっとして、遠くに住んでいるおGを呼び寄せたいのではありませんか」

「たしかにそれもある。このアイデアを現実のものにするとき、その一端におGのことも考えてあげたいものだね」

　現実問題としては、おBは地方議会の議員を辞めてから、収入に事欠く事態になっていたのである。

おBの家は広い敷地に囲まれていた。ここに家を建てればおGを迎えることができる。田舎暮らしを楽しんでいても妹のいる場所に住むことの都合の良さを強調して勧めることにした。でもそれだけではこの立地の良さを活用したことにならない。

伊吹は大学を出て社会人になっていたのだが、学生らしいアイデアを考え出してくれた。二階建ての教室にする。二階には先生が居住する研究室とする。一階は広いスペースにして生徒が集まる場所にする。主に教養講座をやってはどうか。生徒が少なければ小部屋に区切ることもできる可動式の教室にする。教師の方は一人ではなく三、四人は住める研究室にする。伊吹の大学の研究室を真似したのだ。

たとえば

＊おGの研究室は二階、生徒が囲碁を習いに来る。講座名は「女性のための囲碁講座」。

＊元村長のあの山村さんも招待してお話教室や日本近代史の講義をしてもらう。
＊伊吹は教室だけでよい。中高生の数学講座をやる。これはいい。
＊空いている二階の個室に入る人を探そう。若者向けのダンス教室はどうだろう。実習は屋外でやることもできる。いいねえ。
＊高齢者のための外国語教室または読書会はどうだろうか。近隣散策もよい。
＊明里とおBの法律相談、人生相談はどうかな。
おBは漬物教室の方がいいんじゃないかと、伊吹がヤジを入れると皆が大笑いをした。

資金源のことを言い出さなければ、なんとかなりそうだなと皆が思った。実現する姿を想像できたとき、この夢のような計画は早くも一歩前に進み出していた。

おGの説得にはもう少し日時が必要であったが、賛同を得たときこの計画は動き出すのだった。

この小説は、先の戦争の戦時下にあって、「産めよ殖やせよ」の掛け声のもとに、多子家族が珍しくなかった。一方で父親が戦地で亡くなったために少子家族があった。我が家は少子家族でその近隣に多子家族が住み着いていた。多子家族は賑やかでいつも争いが絶えない、特に食事時に争いが勃発するようだった。食料は底をついていた時期があった。少子多子にかかわらず食い物を巡る争いは厳しいものがあったのだが。

それが食料不足を感じさせない時代に入ると多子家族は人が多いのでいつも余裕があるように見えた。人が多いことは余裕があり、人手が少ないと人力の欠乏感があった。

この指止まれと声をかけるといつでも人が集まってくるのは楽しいことである。おGもおBも少子家庭で育った。それでおGの場合何事でも自力でやろうとした。食べ物を買ってくれれば済むのに、自力で畑に種を埋めることから始め、生育、収穫、調理をすべてやろうとしていた。おBも少子家庭で育ったのだが、少子家庭で育った男性と結婚した。その人生の大半は一人暮らしであったように思う。しかし性格の違いからおBの周りには多くの協力者が集まってきて、いつも賑やかであった。選挙に立候補して当選できたのは協力者を惹きつける何かがあったからであろう。一人で考えずに周辺の人の意見を尊重しているようだった。

おGは笑いが少なくいつも囲碁の棋士を演じていた。おBはいつも冗談を言いながら笑っていた。姉弟の二人が共棲することができるのかと僕は不安に思っていたが、否応なく新しいページは始まろうとしていた。

（つづく）

「生きていて良かった」のか

おG、おBという沖縄言葉の爺と婆を連想される方が多いと思う。しかし、ここでは叔父と叔母を意味している。だからおGおBと僕との年齢差はそれほどかけ離れてはいない。おGとおBの二人は幼少年時にはともに遊んだ記憶がたくさん残っている。いま孤独老人として別々に暮らすよりも、ともに暮らすことに喜びはないだろうかとおBは考えた。それに気がつくと、おBは直ちに分厚い手紙をしたためて投函した。勧誘の文面だけではなく、新しいビジネスになるであろう教養講座計画や建物の構図なども同封した。どうせだめだと思う反面、賛同してくれる期待感も残されていた。

返信はしばらく来なかったが、返事が帰ってきた。こんなに良い所に住んでいるのに、いまさら大都会の一隅に住む気はないという意外に丁寧な断り状であった。おBは追いかけるようにして、都会暮らしにもいいこともあるよ、あなたを塾長にするという提案をしてみた。僕の側からはおGと暮らしていたとき、おGは在東京だった頃の話をよく聞かせてくれた。若い頃に出会い生死をともにした友人のことが忘れられない。もう一度会えないかなと独り言をよく言っていたものだ。そうだ。東京に来てその人達を懸命に探しだしたらどうかと僕は誘ってみた。

するとどうだ。予想に反して少なからぬ関心を示す手紙が帰ってきた。おGは旧知の仲間の消息に深い関心をもっていたからである。

学徒動員

その仲間とは学徒動員で中島飛行機武蔵製作所に勤めていた頃まで遡る。中島飛行機は三菱重工とともに日本の軍用機製造のトップ企業であり、日本の優れた軍用機は世界からも注目を浴びていた。しかし戦時にあっては、敵国からの最大の攻撃目標になっていた。その結果、壊滅的な戦災にも遭うことになるのだ。その工場群で働いていた仲間を探し出すことは容易ではなかった。

意中の同僚たちは消息不明になっていた。生きていてくれれば探し様があるのだが、瓦礫の山に埋もれた工場の最後の姿からは生き残っている期待は抱けなかった。それでもやってみようという気力が脈々と湧いてくるのだった。生きていれば、それぞれの実家や出身地に戻ったのだろうが、出身地の当てすらなかった。探す手立てが何ひとつ思いつかないのだった。

その内の一人高山勇は何かというと民謡「会津磐梯山」を大声で歌っていた。おGも覚えてしまったくらいである。高山の地元は会津かもしれない。しかし大陸育ちだとも聞いていた。安原悦子はなまりのない上品な語り口の女性だった。実家は東京だとすると東京大空襲にも遭っているはずだ。そしておGは紀伊半島の山中暮らしだった。自分は生きているが、生きていて、この地にいるとは学徒動員時代の誰にも知らせていない。

この三人が出会ったのは高高度気象と関係がある研究部門に所属し研究に余念のない頃であった。それと多数ある各工場への連絡係、伝令のような役割も担っていた。

航空機の運行は気象状況と密接な関係があった。それで大学で気象を熱意を持って研究している人物が呼び寄せられたのである。夜間飛行や雲の中に姿を隠すために暗いところで視力が効くことが求められた。すでに軍隊では「猫目錠」なる薬が使われていた。これはナチス政権下のドイツから伝えられていたエフェドリンの化学構造を組み替えて作られた。日本ではメタンフェタミン（ヒロポン）として知られていた覚醒剤である。航空兵は雲の中を飛び回るので、空間識失調に陥ることがあった。自身の位置、飛ぶ方向がわからなくなる現象である。ときに急速に地面に近づく危険がある。難題であった。

米軍の軍用機は当時最先端の超重爆撃機B－29だった。日本側は戦闘機が主力である。米軍はB－29に大量の爆弾を積み込んで、これを敵国の中枢部を破壊するため投下することが目的で開発された。大洋をまたぐ遠距離を飛行し大量の爆弾を投下して無事に帰還する。一方日本側は優れた飛行機といっても単座戦闘機が主力であった。空中戦で敵の戦闘機を撃ち落とすために開発されてきた。しかし成層圏を飛ぶ超重爆機を攻撃対象にはしていなかった。

日本の戦闘機は高度8000mを超える空間では力を発揮することはできなかった。低空で水平方向なら、600km／hの高速で飛行できたが垂直方向では7000mから8000m超の高度では1km上昇するのに40分もかかった。操舵性が劣り、偏西風の気まぐれな動きに翻弄されたりした。B-29がゆうゆうと飛んでいる高高度の上空では能力のほぼ限界であった。航空兵の操縦能力だけでなく低酸素に耐えることや寒気に耐えることをも訓練する必要があった。しかしこれらを克服した上でB-29を撃ち落とさねばならなかった。B-29を追いかけることはできないので、上空の分厚い雲の中に紛れ込んで、B-29の編隊の到来を待つのである。機銃は前方ではなく直下銃や斜銃、上方銃が装備された。銃撃がはずれれば、あとは体当たりしか方法はなかった。特攻である。こんな状況でも日本軍の勇敢な航空兵たちはB-29も何機も撃墜しているのである。1機で複数のB－29を撃ち落としたり、敵機の胴体に馬乗りをした事例も知られている。その勇敢さに驚くばかりである。

中島飛行機武蔵製作所で働くことは当時の人々にとって自慢の種だった。誇り高い仕事、給料が高い、学歴が高い。まさに誇れる3高だった。工場は全国にあったが、関東では航空機のエンジンを造っている武蔵工場と航空機を組立てている大田工場が大きかった。

総勢では5万人におよぶ労働者が投入されていた。しかし秘密厳守で、スパイの潜入は警戒されていた。

毎朝通勤列車が工場の最寄りの駅に停まると、労働者が吐き出されてくる。おびただしい数の労働者が急ぎ足で黙々として工場に向かう。いつの時代にもサラリーマン風景は同じであろうが、働く意欲が全然違うのだ。国の勝利のために働いている意識が強かった。人々は早く工場で仕事をするため足早に歩いた。熱気の溢れる集団である。その中にＧのほか高山勇、安原悦子もいた。無駄口を叩く者はいなかった。今日の通勤者も同じであろうが、でも違う。挨拶もそこそこに所定の任務につく。

高山勇は背が高く大陸育ちだったので、外国人を思わせる雰囲気があった。スパイじゃないかという者がいた。笑った表情を見せたことがなかった。元祖「笑わない男」を地で行っていた。懸命に働く中で、笑いは少なかった、多量の爆弾を投下されている状況では笑わないのも無理はない。

中島飛行機武蔵製作所は当初は陸海軍に分かれ生産を行っていたが、昭和18年10月、時局の要請により両製作所を合併して武蔵製作所と呼称されるようになっていた。この間従来の従業員に加えて日本全国からの徴用工員や動員学徒男女を加えその総数は5万人に及んだ。昼夜生産に励み国内第一の航空発動機工場であった。米軍は日本空軍の補給力を全滅にするため、武蔵製作所を目の敵にし日本本土編隊爆撃の第一目標として挑んできたのである。

緊迫感の波動

大きい戦いの中では個々の戦いから湧き上がってくる波動がうずまく。それが戦士たちだけでなく広くその家族や国民にまで広がっていくものである。以下はその事例を、渡辺洋二「死闘の本土上空　B−29対日本空軍」を参照して描いてみた。

第一波　サイパン島イスリイ飛行場へのB−29集結は予定より遅れていた。11月になってそろったのはやっとの90機、天候はよくなかった。それでも出発を待つ多数の乗務員は次第に緊張を高めていった。しかし強い風雨の中では燃料と爆弾を満載した超重爆機の離陸は危険であった。出動命令と中止命令が繰り返された。

昭和44年11月24日になって天候が好転すると午前6時15分、発動開始。緊張の波動が大きい輪を広げていった。緊張度が一段と高まっていく。一番機は航空師団司令のオドンネル准将である。出撃機数は111機、各機は約2・5トンの爆弾を抱えて次々と滑走路を飛び立っていった。

そのうち早くも17機が動作不良で空港に引きかえしてきた。

迎え撃つ日本側はどうだったか。近づく本土爆撃を予想して、通信部隊と各航空部隊が出撃の準備に余念がなかった。中島飛行機工場では地下道を強度なものに作り変えていた。かつて対応したことのない事態への取り組みは総出で行われた。緊張度は極度に高まっていった。おGたちは敵編隊の襲来のニュースを全工場に知らせる準備に余念がなかった。完成品の発動機を地下道の深部に収納する作業でも懸命に働いた。

第二波　ついに来た。11月24日午前11時。日本側でも大きい波動が波打った。小笠原諸島の対空監視哨は大編隊で北上する米軍の大編隊を発見、直ちに東部軍へ通報する。続いて海軍監視艇からの情報が横浜の第22戦隊司令部にもたらされた。B-29の大編隊であることを確認。飛行機工場にも刻々と通報された。

B-29は十数機の編隊で、富士山を目印にして首都方向に向かう。

首都を防衛する航空部隊が臨戦態勢に入り、各航空部隊から友軍機が上空に向かって発進していく。各戦隊の「武装司偵」「雷電」「零戦」「月光」など約百十機の航空機が所定の高度1万メートルまで駆け上り、待機する。混沌とした戦いに臨むのである。

第三波　戦闘は2時間50分に及んだ。戦果はB－29の撃墜5機、撃破8機にとどまり、日本軍の未帰還機は6機であった。

結果はどうであったか。米軍は精密投下と言っていたのだが、気流の流れの強い1万メートルの上空からの爆弾投下は成功しなかった。工場外の市街地に着弾したものが多かった。

米軍の初出撃は目標地域内への命中弾はわずかに16発に過ぎなかったと事後のF－13偵察機が報告している。武蔵製作所を爆撃できたのはわずか24機で、他の64機は周辺の市街地や横須賀軍港のドックに投弾し、その他は故障で投弾することもできなかった。しかし米軍航空部隊の司令官アーノルド大将は日本の首都に対する初攻撃の成果をワシントンから高らかに発信したと伝えられている。Ｂ－29は中島飛行機武蔵製作所とその周辺市街地を爆撃し、鹿島灘から東方の洋上に去っていった。緊迫した波動は消えてしまった。

敵、余波に揺れる初戦では高高度を飛ぶ超重爆機を堕すことは難問と知る。ならば地上に待機しているヤツらを攻撃すればよいのではないか。いまや敵陣となったイスリイ飛行場を密かに狙う。おびただしいＢ－29が待機しているではないか。直ちに攻撃を仕掛ける。数機を大破、数機を破壊する。後続の部隊が大火災を遠目に確認する。一部隊は飛行場にとどまり銃撃を続ける、最後の一兵は拳銃で戦い戦死する。なんと勇ましいことか。

日本側発表では武蔵製作所は48発の爆弾が命中。１３０名以上の死傷者を出したが、エンジン生産には大きい影響はなかったという。高高度飛行に立ち向かうため日本軍が工場の周辺に高射砲陣地を作り立ち向かっていたが問題にならなかった。

当初は爆弾が工場を直撃することは稀であった。しかしこの最初の空襲以来終戦まで十数回の爆撃が行われ、爆弾600発が命中し日本側で200余名の殉職者と500名を超える負傷者を出し、工場は全く廃墟と化してしまうのである。

おG、高山、安原悦子はどうなったのか。高高度飛行のための研究と、ときに伝令に出る仕事が課せられていた。伝令は通信手段が途絶えたとき、必要な指令を伝え回る仕事で危険が伴っていた。事実はこうだ。所定の場所に戻れなくなったまま消息不明になっていた。お互いに探しまわったあと、それが叶わなくなると、おGはこの地を去ることになった。

その後何年かが経過した後、関係者の慰霊祭が行われるという記事が新聞に掲載された。捜索がうまくいかなかったのであるが、生きていてこの新聞記事を目にしたら慰霊祭に参加するに違いない。そうだ慰霊祭に集まる可能性がある。これが出会える機会になることを願った。

服装が決め手

おGは黒っぽい服がなかったので服装をどうするか迷っていた。慰霊祭だから亡くなった方々への慰霊の意思を捧げるために行くのか、違う、あの工場でともに懸命に働いていた親友を探すためである。ならば当時、工場に勤務していた頃の服装が最適じゃないか。この発想の方が正しいと思った。

黒装束の葬列に汚れたままの工員風の服装は目立ちやすかった。

そして嬉しいことに高山も同じ考えであったようだ。高山を多数の参列者の中に見つけ出すまでにあまり時間を要しなかった。安原悦子もいた。三人が再開を大喜びしていると周りに人々が集まってきた。「おーい高山さんじゃないか、安原さんじゃないか」と声をかけてくる人が何人もいた。

三人は出会ったのだ。天からの巨大な贈り物にも勝るその機会。キミもキミも生きていたんだね。僕だって懸命に生きてきた。キミたちに会うためだった。

戦友で親友の三人、どんなところから話を始めても、結論は同じところに収束する。「生きていて良かった」と。それが結論だった。そして笑い転げる。笑わない高山勇も笑っている。あの活気溢れた工場で、懸命に新しいアイデアを練り尽くす。それが機能し始めて製品としての成果をもたらすときの独特の喜び、それが優れた製品を生み出すのだった。

日本人の創る飛行機があまりに素晴らしいので世界はそれが許せなくて徹底的に破壊しようとしたのではないか。日本人の創る飛行機があまりに美しいので世界はこれに激しく嫉妬して爆弾の雨を降らせたのではないか。破壊からは何も生まれない。そして米国は戦後の日本に日本人が飛行機を創ることすら禁止したくらいだ。

もう探さなくてもいいんだね。もう過ぎし過去を嘆くことはない。おGたちは多数の爆弾が落下する地下道を逃げ惑っていた。地獄火の中で大きく破壊された壁面、暗闇と硝煙の中に孤立する自己。

三人は別々の場所で炸裂する爆破音を聞いていた。戦友を見失っていたが、自分よりも親友の無事を祈っていた。

「生きていて良かった」のか

三人で話し合いたいので部屋を貸していただけませんかという。おBはどうぞどうぞ、喜んでと答えた。私も同年代なのでお話を聞かせてと言った。僕も聞かせてとお願いした。

どこから話を始めても結論は「生きていて良かった」という幸運への賛美だっ

た。悲惨な状況を脱出し喜びの声に換えるお話が多かった。特に何かをやり遂げたという喜びの声は聞けなかった。まあいい。話が行き詰まると、これからどうするのという問いかけが相互に発せられていた。

おBはしばらく経ってから、突然立ち上がって何かを話し出した。「皆さんねえ、皆さんは凄まじい爆弾の惨禍に遭っても、九死に一生を得て今があるわけでしょう。

生かされたというのは幸運な偶然だったと思っているのですよね。私はそうではないと思うの。なにか大きな運命の力が働いて、生き残ったのよ。だとすると、その先何をするかという使命感を持つべきですよね。特に自身を同僚の死者と対比してそう思うべきですよね。だから生かされたことに感謝し、使命感を感じて応えるべきじゃないか。それはどこにいてもできる。たとえ紀伊半島の山奥にいたとしてもね」。

これは三人の心にずばり食い込んでくる衝撃的な言葉であった。いままで何をしていたのだろう。やりたいことを見つけようとしても見つからなかった。安易な生活に甘んじてきた反省が蘇ってきた。

戦争のない世界へ

「私は市会議員時代、平和都市宣言をしましょうと働きかけたの。でもそんな簡単なことでさえ意味もなく反対する人が多かった。第二次世界大戦後も世界の各所で戦争の火種はくすぶり続けていた。戦争も各地で起こった。どうすればよいのか。これに立ち向かうには戦争の惨禍の体験者、肉親を亡くした人々の声を聞き、その意志を反映することが大切になるのね。地味だけれど壮大なテーマに繋がる理想を掲げていきたいと私は思っている。私は戦争のない世界を夢見ている。いまのままでは22世紀になっても戦争を無くすことはできないと思う」。

65万人の命を救った日本人医師、中村哲氏の活動が注目される。中村哲。素晴らしい人物である。あれだけのことをやっても最後は銃弾に倒されている。

彼は言っている。

「緊急のアフガニスタンの問題は、政治や軍事問題ではない。パンと水の問題である」と。

「一隅を照らす」も中村哲氏の言葉である。世界中を豊かにするとか全人類を救うのではない、一隅とは自分の周りから照らしていくことである。

戦争をしないための、もっと地道なやり方があると言った人がいます。

「隣国に一人の友人を作ろう」と。なんと意欲的な言葉であることか。

この運動を広めれば地域の平和化が可能かも。

いま日本の隣国はほぼ敵国だからね。なかなか難しいことかもしれない。でもこれならやれるかもしれないとあなたは思いませんか。

︵了︶

掌編小説集

試作・のり弁解読器

のり弁解読器、これが実現したらイグ・ノーベル賞ものだね。

そう間違いなく。

のりべんかいどくき。区切りの入れ方によって意味が変化する。のり（黒い）・弁解・解毒など。

でも、公文書をのり弁状に黒塗りしている国が日本以外にありますかね。

公文書を公開してほしくない人って、どんな人物なの。

自分の利権を守りたい独善的な保守主義者。

なぜ隠さなければいけないの。

あまりに恥ずかしいことを日常化しているからさ。

正義の御旗を振りかざして切り込んでくる不快な邪魔者を排除したいのね。そのために立法は法律をゆるやかに作成しておき、行政は解釈を都合のいいように振り回す。役人は忖度行政を地で行く。

この解読器が未完成でも、情報を隠蔽しようとする勢力への警告にはなるかもしれない。

イグ・ノーベル賞って何?

人々を笑わせ、考えさせてくれる業績に与えられる賞なのね。創始者はマーク・エイブラハムズ氏で、ユーモアのある科学雑誌の編集長だそうだ。その表彰式は笑いの渦に沸き返るという。

日本人も毎年のように受賞しているそうだね。

研究費が巨大でなくても、個人でも、世間の目を気にしないで研究を楽しめるタイプの人が受賞するようだね。

日本人向きなのかもしれない。

戦後期に教科書に墨で黒塗りを命じられたことがあった。今でも覚えている。進駐軍の命令だと聞いた。先生は黒塗りの箇所を淡々と指摘するだけだった。なんてアホらしいことをと思いながら命令に従った。敗戦国を思い知らされた。戦後教育の始まりである。

我が子をいじめで亡くした親は必死で我が子が学校で受けたあらゆる実態を調べようとする。校長や教頭、担任教師の誰もが歯がゆいほど事実を語ろうとしない。教育委員会にある公文書を開示請求すると、理由をさんざん聞かれた上に、コピー代を高額に支払わされた。のり弁報告書の写しが手渡された。見たいと思う記述や個人名はすべて黒々と消されていた。「個人情報には守秘義務がありますので黒塗りをいたしました」と堂々と釈明しているではないか。のりの下にある個人名はおよそ見当がついているのに、秘密扱いで明確にはできない。相手の氏名が判らないと裁判に訴えることもできない。亡くなった我が子は不甲斐ない親をどんな目で見ていたのだろうか。

本当に失望しこの世は闇だと思う。

尖った刃物の先端の輝きに不思議な魅力を感じるようになった。湧き出してくる殺意。もうどうしようもない。味方をしてくれたのはわが子と同じクラスのおとなしい女子生徒がただ一人だった。

のり弁解読器が役立つのはまさにこの時である。

悪い奴は変身したがるものだ。髪型もメガネも服装も勤務先も変えていた。そして遠隔地に飛ばされていった。

いじめの犯人を知りながら黙認したのは誰か推測できる。

のり弁解読器の目的は海苔の背後に隠れている犯人の名前や集団を解き明かすことである。それだけではない。もっと高度な機能が組み込んである。人間の言動や表情や声の大小までデータベースに大量に収集されている。分析の目的に沿って、法則を掴む手順である。

人の言動の興味深い法則ができる。判りやすい。

1　極端な否定は肯定である。

事例：安倍晋三（元首相）の返答。

「いずれにいたしましても」と切り出し、「私や妻が関係していたということになれば、まさに私は、それはもう間違いなく総理大臣も国会議員もやめるということははっきりと申し上げておきたい。全く関係ない」と重ねて発言した。

これは質問者が期待していないほどの本音が飛び出してきたのだ。極端な否定は肯定なのである。

2　「捜査に支障をきたすので答弁を差し控えます」

問題のある輩(やから)は「次の間」に控えておれ、という命令言葉の現代版である。このような答弁を拒否すべきである。

3　「記憶がありません」

記憶があるのですね。答弁者は躍起になってそれを隠蔽する言動の裏を見たいものだ。公文書は過去のものであるが、未来のためにあると思え。

4　「メモ類はすべて破棄しました。焼却しました。コンピュータの中にもありません」

あるよ、きっと。デジタル化を進めれば改善できる。

のりを剥がしてみることと、嘘を読み解くことをＡＩ的分析に期待する。たとえ推測が間違っていても、一定の歯止めにはなる。前記１の場合、ウソ！　と解読器が奇声を上げると、国民は、ただ、もう、大声で笑った。

王様

王様の病状が快方に向かった。病床から立ち上がり、お城の外を窓から目にすると、あっ！　と驚きの声を上げ倒れんばかりになった。黄金の光を放っていた田園が荒野に変貌していたのだ。一人の農民すら見当たらなかった。賢者を呼んで何が遭ったのだ。どうすればよいのかを問い質した。熟考した結果、荒野を肥沃な大地に開拓した者にはその土地を与える。品質の良い農作物を生産した者には褒美を取らせると告知したのだ。同時に王自身もお城の周りの荒地で耕作を始めた。

何年か後の秋、穀物が大量に収穫できた。喜んだ農民は産品を王様に献上した。収量と品質をさらに改善するためと交易のために公務員が必要になった。

農民が献上した収穫物を王様は公務員に与えた。それで自分で耕作しないで生活できる公務員は次第に増えていった。しかし作物が不作の年は人々は餓えて痩せこけていった。不正を働く者も出てきた。外国から泥棒が闖入した。それで体力のある男か、キーキーと高い声を張り上げる女がポリスに選ばれた。捕えられた犯罪人はワシも生きねばならぬと主張した。人をえらぶとき、「選ぶ」と「撰ぶ」は大違いだと賢者が言った。誰もが安心して生きていけるように、社会保障制度ができた。

賢者の考えで最低限度のお金が国民全員に配られることになった。すると犯罪人はいなくなった。人々は大喜びしたのだが、働かなくてもお金がもらえるので、しばらくすると人々はやる気を失っていった。とりわけ、汚い仕事をする人がいなくなったので街も家も不潔感が漂うようになった。またゲーマーがあちこちの街角にたむろしたり、一日中ボーっと街角でギャンブルに明け暮れる姿が見られるようになった。王様はギャンブル禁止令を出したのだが、実は王様自身ゲーム好きだったので、王様を懲らしめるのは難題だった。それで王様がいつも大敗するようにゲームを作り換えることになった。どうなったかというと王様はいつも負け続けたのでギャンブルが大嫌いになった。

この国のお金は、海で採れる「輝き貝」の殻から作っていたのだが、ある年その貝が大量死したのだった。お金が造れないとなると人々はお金を秘匿して使わなくなった。深刻なデフレが起こった。不幸なときにはさらなる不幸が起こるものである。隣国の軍隊がこの国に雪崩込んできた。野蛮な兵器が使われていた。この国では敵の攻撃を想定していなかったので抵抗できなかった。王様は囚われてしまったのだ。高額の身代金をいただきたい。そうでなければ王を処刑すると敵将が言った。賢者はあらん限りの知恵を働かせて策略を練った。「お前たちが捕えたのは王ではない。本当の王は地下の洞窟にお隠れになっている」と敵将に告げた。

地下の洞窟は子どもたちの遊び場であった。敵の兵隊が入っていくと入り口の水路は閉鎖されていた。もっと奥だ。というので奥深く入っていったときだ。

入り口の水路の堰を切ると、どっと地下洞窟に大量の水が流れ込み、それで敵の兵隊は殲滅されてしまった。

それでは王様も水没したのではないかというと、賢者は明言した。王様はそんなお馬鹿さんではない。洞窟の奥には別のルートが作ってあったので王様は容易に外に出ることができる仕組みになっていたのだ。

その次の年、輝き貝が大量に発生して人々は大喜びをした。お金が手に入るからだ。あれだけの功績のあった賢者はどこにいるのかと人々は騒ぎ出したのだが、実は王様と賢者は同じ人だったのである。また外国の兵隊が攻め込んで来なくなるように我が国の軍隊を作ろうという者が現れた。それに対して王様は軍隊はいらん。もっと大事なことがあるといって取り合わなかった。

いつも楽器を片手に音楽を奏でている若者がいた。その曲は少し憂いを帯びた短調の曲だった。王様はこの曲が聞こえると良い発想が湧いてくるのでこの若者を重用していた。あの敵兵を水没させた策略もこの若者の演奏中に考え出されたと王様こと賢者は吹聴していた。

王様が音楽を推奨したので国のあちこちから妙なる音楽が流れた。人々は音楽に聞きほれていた。恋をする人が多くなった。子供がたくさん生まれたので、曲想を変更することになった。子供たちは競い合って優れた人物になる努力をした。スポーツと芸術の分野が発展した。王様は優れた成績を残した子供を大いに称えた。すると国中が沸き返るように活気がみなぎることになり、王様はご満悦だった。

王様は自分にもできることは何かあるかと賢者に尋ねた。ありますね。お城の鐘をつくことに心を入れてみてはどうか。鐘の音が人々の気持ちに勇気や安らぎの心を与えるようになると良いと賢者は言った。その日から鐘の音は少しずつ多様化していった。人々はしみじみとお城を見上げるようになっていた。王様はこの国全体が音楽ホールで自分はたった一人の作曲家兼演奏家だと自惚れていた。

それでも決して王様なんぞになるものではないと思っていた。次第に若き日の輝きが消え、賢者と意見が合わなくなっていた。

特高だった上司

私が大学を卒業したのは、日本がやっと戦後の混乱から抜け出た頃であった。就職が厳しい状況の中で私を拾ってくれたのはある食品会社だった。採用された新卒者は10名で約半年間、新人研修が行われた。適性を判断することも目的であったと思う。新人研修には興味の持てる人物が次々に登場し、興味のあるお話をしてくれるので、大学の講義より面白いと思ったのは私の勘違いだった。

研修期間の最後に研修生の肝試しのような試練が待ち受けていた。それはその会社の製品を背負って一般家庭を戸別訪問し何個売れるかを競わせる販売実習だった。肩に食い込む重さには閉口した。担いでいった製品は戦後間もない日本には馴染みの薄い品ばかりであった。チーズ製品、トマト製品などである。各自工夫して売ってこいという命令なのだが、私は門前払いを食うだけで1個も売れないのだった。家族に預けて売れたことにする不正をする者もいたが、私は悪知恵が働かなかったので、朝、背負っていった重量が、夕方になっても少しも減ることはなかった。

売れない研修生には指導者がついて、販売指南をしてくれた。お前さんはこの製品を食したことがあるんか、売る製品を知らないで売れるはずはないだろうが、と叱られる。それで瓶や缶を開けて食してみた。ウエーこれは何だ。手の込んだ料理の調理品として使うらしい。じゃあレストラン巡りをやればどうでしょうと指導者に訊ねると、あくまで一般家庭に持ち込んでくれ、レストランでは価格競争になって値切られるだけだという。どうすればいいのさ。

まるで売れない研修生がもう1人いた。国立大学の農学部出身で山本といった。現実離れをした人物で販売活動はやっていないようだった。でも背負っていった製品が次第に減っていくのが見て取れた。どうしたのか訊ねてみると、料理教室に持ち込み調理してもらい大勢でパーティをしたという。私はあきれ顔で、また尊敬の眼で彼を見つめた。そのうち研修も終わるよと平然としている。

最下位になると「ムショ送り」になるという噂が広がっていた。

一番売った奴は群を抜いていた。この競争が将来を左右するという噂もあったので、懸命になっているらしい。前途の困難さを思い知らされた私はムショ送りという言葉が気になった。送り込まれる先は信州の高原地帯にあり、高原野菜の試験栽培や収量検査を業務としていた。地元では通称「研究所」と呼ばれ、所長は山村という人だが、その人はトッコウだと聞いた。私は特攻隊の生き残りを連想した。そうではなく特別高等警察を略して特高だという。特高の話になると、社員たちはなぜか声を潜めるのが何とも不気味であった。作家の小林多喜二は取調べ中、特高の拷問によって虐殺されたことや言論弾圧事件が頭をよぎった。

販売競争は予想通り、私が群を抜いて最下位だった。もう1人は農学部出の山本で彼もムショ送りとなった。同僚は大げさに笑いこけて私をからかった。また何人かの先輩が声を潜めて特高上司への対策を教えてくれたものだ。

山本と私はのんびりした列車に乗って新任地に赴いた。小海線のとある駅まで行けばよいと聞かされていた。車窓に写る高原の風景はすばらしいものだった。ムショ送りも悪くはない。その駅に辿り着くと1台の馬車が待っていた。乗合馬車であろう。御者が「乗れよ」というので研究所へと告げて乗り込んだ。御者は小柄で筋肉質の農民風の人だけれど、おしゃれな登山帽をかむっていた。私はまるで登山客になった気分で高原の景観に見とれていた。御者は親切で、他の客の手を取って降ろし、荷物を家の中まで運んであげていた。山本はお金を少額しか持っていないので馬車賃を支払えるか心配をしていた。

御者は戻ってくると次は研究所だ、前方に赤い屋根が見えるだろと小声で呟いた。研究所に着くと先に所内に入っていなさい。ワシは馬の面倒を見てから行くので待っていてと言う。そうだまだ馬車賃を払っていない。それをもらいに来るのだろう。

長旅の疲れがあったがやっと着いたなと喜び合った。まるで登山客が山小屋に着いた気分だった。しばらくして御者が入ってきた。馬車賃はおいくらでしょうかと訊ねると、御者は驚いた表情をした。俺は所長の山村だ。お前たちを駅まで迎えに行ったのだと憤然とした表情になった。これにはぶったまげた。元特高の強烈なびんたが飛んで来るのを覚悟した。

しかし所長は山本君と森君だったな。挨拶はよいから、いまから夕食を作ろう。手伝ってくれ。明日の朝は早いぞ。ホワイトアスパラガスの収穫を手伝って貰う。未明に収穫しないと売り物にならないのだ。朝3時半には起きてくれよ、と言う。御者がまさかの所長だと気づかなかった驚きと謝罪の気持ちで、手伝えと言われてもぎこちない対応しかできなかった。初対面だから優しく振る舞っているのだろうが、怖れていた特高とは大違いで暖かみを感じさせる好人物である。特高は仲間内では頭を付き合わせて小声で話す習慣があるらしい。秘密話でなくても小声の方が相手に正しく伝わると聞かされた。小声で明朝、陽の出ないうちにアスパラを掘りにいくと聞くと、こっそり盗みに行くのかなと疑ってもみた。

遠方に雪を被った山並が人々の生活を見下ろしている。高原での生活は自然の美しさに囲まれて快適なものだった。都会では得がたいものがここにはある。それでもここで仕事を続けたいと言う若者は1人もいない、と山村は寂しそうな表情を見せた。しばらくして私は本社に召還されることになったが、山村は最後にカツ丼をご馳走してくれた。それが特高の流儀であるらしい。

『奴』

私は子供の頃、人の命を救ったことがある。というと大変な働きをしたかのようであるが、なんということはない。その日、私は汗をひどくかいていたので銭湯へ開店時間と同時に出かけた。この時間は暇を持て余した老人ばかりが来ている時間帯だった。しかし、そのときは浴室にいたのは私と溺れた老人の二人だけだった。ふと気がつくと浴槽の中で、人がグルグルと回転するかのようにもがいていた。私はすわ一大事と浴槽に飛び込むと、老人を引き上げた。湯を飲み込んでいるようだった。さいわい大事に至らなかった。これを人命救助と言うには少し大げさすぎる。それでも私がそこにいなければ助からなかったと思う。

その人は近所に住む元軍人で、知っている人だった。退役《たいえき》軍人と人は言っていた。退役という意味を知らない子供達はあの「鯛焼き」かと思って「タイヤキ」とあだ名していた。あの顔に似ず鯛焼きが好きなんだと納得し、私も小学生の頃はそう呼んでいた。近所に住むという以上に関わりの深い人物だった。救助したとき、番台のおばさんには「僕が助けたよ」と話をしたのだが、「あっそう」と言っただけで反応はなかったのでがっかりした。本人は酒に酔っていたのだと思う。誰に助けられたのか、そもそも溺れて助けられたことすら、その人は気付いていない様子だった。もちろん「坊！　ありがとう」という一言もなかった。それで私としては妙に後味が悪かった。自慢気に人命救助をしたと威張るほどのことはないと思って、しばらく誰にも言わなかった。しかし友人のKにはこの銭湯事件のことを話す気になった。

「なに、タイヤキが風呂で溺れたって」といって大笑いをした。それでもそれだけのことだった。

私は彼のことを蔭では「奴」と呼んでいた。子供が大人を呼ぶにはふさわしくない用語であるがこれには憎しみが隠っていた。その事件は私が高校生の頃だったが、奴との関係は小学生の頃からである。太平洋戦争下では退役軍人とか在郷軍人はとにかく威張っていたのだ。特に奴の場合、その町の「東条首相」

であるかのように振る舞っていた。戦争末期には、防火訓練とか愛国婦人会の竹槍訓練などでは、これぞ我が出番とばかりに張り切っていた。私の母には「そんなことで米兵を殺せるのか」と母はいつも叱られて帰宅し、「もう厭だ」とこぼしていた。ましてや小学生にはどうにもならない難物だった。小学生は道で出合っただけで被害者になるのだった。「お前は姿勢が悪い、挨拶はもっと大きな声で、はい、やり直し」という具合の小言を言うわけだが、奴の前で直立不動の姿勢をとらされたりする。俺はお前の兵隊ではないんだよと思っていると完全に見破られてしまうのだった。終戦前の一年くらいは特に狂気と化していた。日本軍が南方の諸島で苦戦しているのはお前たち子供がもっと礼儀作法をよくし勉強に励まないからだというおかしな論理を押しつけてくることがあった。子どもたちの中に私がいるときはなぜか演説が長いのだった。それは以前に私は口答えをしたことがあったからだと思う。

奴が一番怒ったのは子ども達が仲間同士でふざけ会いながら下校するときや口笛を吹いているときだった。奴は口笛の音が異常に嫌いらしいのだ。子ども達は純真で、奴の命令にもしぶしぶ従っていた。しかしときには遊び心で反抗を試みた。案を出すのは決まってK君で、それを面白く演出するのは私の役割だった。私は途中で逃げ出すことを知らないので、いったん配役が決まると忠実に実行しようとした。先ず考えたのは口笛をあちこちで吹き鳴らす練習をした。なにしろ奴は口笛が異常に嫌いらしいのだ。口笛を吹きながら歩いていると、奴がぬうっと姿を現し、「やめろ」といって拳でなぐりかかってくるほどだった。それで子供達は奴を発見すると分散して、あちこちでかくれたまま口笛を吹いてみよう。曲には軍歌『勝ってくるぞと勇ましく～』を使おう。口笛係でない者は「前えー進め、回れー右」。と号令をかけることにした。

これを実行したとき、奴は憤然として立ちつくしていた。子ども達は鬨の声を上げて逃げるのだった。奴は追いかけようとして転んでしまい義足の脚を痛めたらしい。

次の日、奴が我が家にやってきて「この家の躾《しつけ》はなっていない」と怒鳴り込んできた。祖母が丁重に謝って許してもらった。「お前達が悪い。あの人は偉いお人なんだよ。勉強もよくできて、昔この地の有名中学校で一番だった。士官学校に合格したときは、この近所の人々の誇りだったものさ。それが後に、支那事変で中国に従軍して帰ってくると、まるで人が変わったようになっていたね、怒りっぽくなってさ、誰彼となく当たり散らす「ど変人」になってしまったのさ。一体中国で何があったのだろうね」と祖母は独り言のように言った。

奴は頭に敵弾を受けて傷を負った他、片脚が義足になっていた。今日で言う身体障害者、当時は傷痍軍人と呼ばれていた。中国戦線で敵前上陸したとき、中国軍からの銃弾を頭部と脚に受けたそうだ。それは凄まじい戦いで、戦友の多くが戦死したという。頭のてっぺんから背後に傷跡が残っていた。その後、禿げあがったため、傷の箇所だけが黒ずんでただれていた。そこを隠すためにいつも戦闘帽を深々と被っていた。しかし銭湯では帽子を被っているわけにはいかないので、湯船に浸っている姿を後ろから見ると、まるでお尻を逆さにしたようだと見たことのある子供たちはクスクス笑った。

子供会議が開かれた。Kが「怪しい」と言うのだ。「敵前上陸で前方から撃たれたのではない。あの傷は後方から撃たれた。とすると、敵から逃げようとしたときに撃たれたのではないか」という推理である。そうだとすると大変不名誉なことだった。子供達は銭湯で確認しようとして奴を待っていたのだが、そのうちに空腹と風呂でのぼせてKも私もフラフラになってしまったことがあった。

けしからん噂も伝わってきた。愛国婦人会の竹槍訓練で、美人系のご婦人にはいやらしく親切だという話だ。それで私の母にはつらく当たるのかと思い、私は放課後に校庭で奴の竹槍訓練の指導を見ることになった。あまりにひどければ母を弁護してやろうと決意して見ていた。校庭の肋木に登って見ていたけれど、確認できなかった。確かにあれではアメリカ兵を殺せないなと感じて帰宅した。帰ってきた母には何も言えなかった。

奴は生徒たちの前で演説をしたことがあった。演説をする前に、宮城遥拝をやるのだけれど、宮城のある東の方向には便所があり、そこに向かって敬礼するのはなにかおかしさがあった。私は表情を変えなかったが、子供達の中にはニタニタする不心得者がいてひどくお叱りを受けることになった。結局、奴はこれといった話もできないまま壇上から降りていた。このような人はもはや郷土の誇りたる退役軍人ではなく、なにか異常者を感じさせるものがあった。

この口笛事件の翌日、母は私に奴の家に行って謝ってきなさいと命じた。私は「厭だ仕返しは必要だ」とも言った。しかし奴が怪我をしたと知って渋々であったが行くことにした。その家は豪邸だった。中はどんな具合だろうと見てみたい気持ちも少しはあった。その家は我が家から比較的近い距離にあった。退役したとはいえ将校の家はなかなかの豪邸だった。そこに一人で住んでいると聞いた。表札には『山本寓』と書いてあった。そうかあの人はタイヤキでも奴でもなく山本というのかと知った。山本の下の字は読めなかった。後にグウと読み、へりくだった言い方で仮住まいのことを意味するらしい。こんな広い敷地に一人住まいとは贅沢なものだ。入り口には豆電球がつきっぱなしになっている。大きな木の枝が通路に覆いかぶさりそうになっている。昼夜を問わず、訪問するには勇気が要る陰気な家だった。子供達はお化け屋敷と呼んでいた。

奴は在宅だったが、なかなか玄関口に出てこないのでこのまま逃げ帰ろうかと思った。義足を付けた足音がコツコツと近づいてくるのが分かると、思わず拳を握りしめて身構えてしまった。

「お前か、何だ、まあ上がれ」と言ったが「昨日のこと謝りに来ました」と持ってきた薩摩芋を置いて帰ろうとした。すると、「上がれ、上がれ、……上がれ」とだんだん命令口調になった。しつこく説教されるのだなと覚悟を決めて居間に入った。床の間に日本刀が飾ってあった。持参した袋を手渡すと、「これは何だ？薩摩芋か、ちょうどよい、いまから焼いて食べよう」と鉄板と電気コンロを持ってきた。芋を輪切りにして油をひいた鉄板に乗せた。しばらくして焼けてくると、また別の油と塩をふりかけた。とても良い香りが漂いだした。説教はいつ始めるのかなと思っていると、奴は木のフォークで芋をつついて試食を始めた。「これはうまい。お前も食べろ」と言った。なんだ俺が持ってきてやったんじゃないかと思いながら私も食欲が優先した。

どんな話を聞かされたかというと、中国での戦争の話だった。それが勇ましい話ではなくて、「戦争ではとにかく腹が減った。日本軍には食べ物が届かない。それで中国の農家で穀物を頂いてきたり、アメリカ軍の作った飛行場を襲って、そこにあった食料をぶんどって来たものだ。それがわしらの仕事でな。やつらは美味い物を食っていたのよ。パンに乾燥肉、牛肉の缶詰、チーズに食後のデザートまで豊富にあるのだ。日本兵はチーズなんか食ったことがないので、これは乾燥豆腐だという者や石鹸だという者がいた」といって大笑いをした。洗濯しても泡が出ないという者がいた。その挙げ句に戦争の勝ち負けは武器や精神力ではなく、食い物の有無で決まると聞かされたのには唖然としたし失望した。なんだ、いつも言ってることと違うではないか。

祖母と母は私の帰りがあまりに遅いので、ひょっとして殴られたり説教されたりしているのではないかと心配してやってきた。私は母の表情を見ておかしくなり少し笑った。二人は子供の笑った顔と部屋に立ち込める良い香りで安心したようだった。帰り際に奴は戦闘機のミニチュアを持っていけと言って手渡してくれた。なかなかいい人なんだと嬉しくなって帰宅した。祖母も母も子供がこんな難しい対応もできるようになったことに、少し成長した姿を感じ取っていた。

終戦の日は焦げ付くような暑い夏の日だった。ラジオから天皇の玉音放送があると知らされていた。私の家族は訳も分からず、板間に正座してお話を聞くことになった。その日から大人たちの行動がおかしくなった。負けるという言葉は禁止されているためか、大人はひそひそ話をしていた。私の家では祖母も母も敗戦を半信半疑でいた。祖母は「私達も玉砕するのかな」といっていた。母子家庭である我が家では行く末のことは解らないので、母は事もあろうに、奴こと山本寓のところにこれからどうなるのか、どうすればよいのかを聞きに行くと言い出した。私はもう奴という言い方に込められた憎しみは消えていた。

それは終戦の日からすでに10日ほど経っていた。母はいろいろ尋ねたけれど、まともな回答は聞けなかったと言って帰ってきた。奴は「日本は負けたのでな、わしもどうしたらいいのか分からんのよ」「これからは自由に生きていけばいいそうな」と言うのがやっとで、ひどく落ち込んでいて以前のような威勢のよさは影を潜めていたというのだった。

その後、奴を目にすることはほとんどなくなっていた。町中を歩き回ることもなく、自宅の庭で畑仕事をしているのをたまに見かけるくらいだった。

「食べ物でも持っていってやるか。お前持っていきな。多分、食べる物もなく困っていると思うよ」と祖母が言った。しばらくこのようなやりとりがあった。

それで感謝されているのかと思うと、そうでもなく奴は青白く痩せこけて、表情に血が通っていないのではないかと思うほどになっていた。ある日、軍人恩給が出るようになったと言って喜んで我が家に何かを持ってやってきたと聞いたが、その後、しばらく音信が途絶えた。この街から姿を消したのである。

私は数年後、路上でばったり彼(※)に出会ったのだ。

驚きの出会いであった。もう奴ではなくなっていたのだ。

「俺は新しい仕事を始める。日本は負けたが俺はまだ負けていない」と強気のご発言であった。以前の彼(※)の表情が戻っていた。

クモノローグ

この家のご主人様はいつも難しそうな顔をしてＰＣ（パソコン）に向かっている。

ハエトリグモの僕とはＰＣを通して友人関係にある。そのハエトリグモの代表はアダンソンハエトリで家の中に住んでいる。

なんとも孤独で、行動するときはいつもひとり（一匹）。それでも恋をする。激しい恋の闘争に負けると食べられてしまう運命にある。ダンスが下手だと雌にも食われてしまうのだ。

人間がＰＣを使っているとき、クモはその画面をどこからともなく眺めているのがとても好きなのだ。カーソル（操作位置を示す矢印、語源はラテン語で走者）が画面上でモソモソと動いているのを見ていると興奮が全身に蓄積していく。カーソルが動き出すと正面を見るための僕の四つの目が追っかけていく。

そしてついに我慢ができずに飛び掛かっていくのだ。

クモには二種類あって、網を張るタイプと歩き回る徘徊タイプとがある。僕は徘徊型の家グモなんだ。光がない所では動けない。薄明かりさえあれば、家の中をあちこちとパトロールしているのさ。朝になって僕を見つけたらまだ働いているのかいと声を掛けてやって欲しい。

家グモは移動する主要な場所に糸の端を貼りつけて移動する。それで壁面を登っても落下することはない。元いた場所に戻ることもできる。これは人間の考えたＧＰＳ機能に似ている。まるでお調子者のようにダンスをすることもできるのだ。動くモノがひらひらすると八つの目が追いかけるのだ。(「注」この蜘蛛には八つの目がある)猫がひらひらと浮遊するものにじゃれる振る舞いに似ている。でも猫は遊びだが、クモはまじめに仕事中なのだ。そこが猫と違う。

難しく言えば、この家のセキュリティ（安全）を守っているのだ。

でもな、クモの僕を見ると気味が悪いといって、奇声を上げ逃げていく人間が多い。キャーと叫ぶとひっぱたく物を持ってきて僕は追い回される。この家の奥さんときたらまったく酷い。殺虫剤の入ったスプレイ缶を持ってきて振りかけるのだから、理解のない人だ。恐ろしいことだ。気味が悪いと感じるのならしょうがないね。でも叩き潰そうとしてもそれは無理だね。逃げる方法は暗いところに潜り込むことだ。高等な手段としては、新聞の文字列の中に入り込んで静止すれば、一個の文字のように見えるので体を隠すことができる。文脈の中に隠れるのだ。面白い擬態だろう。

この家の奥さんとご主人は僕を巡って夫婦喧嘩をおっぱじめることがある。ご主人は良く分かっている人で、ハエトリグモを殺してはならないと言明してくれている。しかし奥さんは気味が悪いから潰せと言ってきかない。子供の頃の教育にこの違いの原因があるようだ。もう手遅れなのだ。

僕は善良な命だけれど奥さんを脅かすのは楽しみの一つでもある。深層からの使者のように、僕が突然出現するので、奥さんはキャーと頓狂な声を張り上げて僕を潰しに掛かる。僕は奥さんの背後に隠れて人間観察を始めることになる。

最近、すごいことを考えた人がいる。ハエトリグモが人間に役立つ方法を編み出したのだ。それはこうだ。ＰＣのカーソルを単なる矢印ではなく、丸っこい虫の形に変えしかもカラー化する。ピコピコと動く、これによって熟達していないＰＣ利用者に次のステップはココ！　と場所を指し示すのだ。ＰＣを使っているとカーソルがどこに行ってしまったのか見失うことがあるよね。あちこち探しても見当たらない。その空白の感じが一切なく分かりやすいのだ。ハエトリグモが飛びつきたくなる衝動を画面に表現する。これでパソコン操作は大変容易になるはずだ。つまりあなたが次にやることはコレという手順を明らかにしてあげる。これとてもいいでしょ。操作時間を短縮できるのね。

ＩＤと暗証番号などの安全管理、気の利いた文章表現などをハエトリグモに教え記憶させる。潜入するウイルスを撃退する。質問することもできる。このクモはソフトなので死ぬことはないので安心、安心。いいでしょ、コレも！

ところで小説にはクモは滅多に出てこない。芥川龍之介の「蜘蛛の糸」くらいは誰でも知ってるよね。最近の中国製の糸は切れ易いから要注意だ。善行を重ねないと閻魔様から一本の糸をも貰えないご時世になっている。

ハエトリグモの研究者・須黒達巳氏は「世にも美しい瞳」と言い、八の字の好きな中国人は幸運の使者だと言う。変わったところでは、大崎茂芳氏はクモの糸でバイオリンの弦を作って演奏している。どんな音が出るのだろうか。この家のご主人様はぼくの動作が滑稽であることを楽しんでくれている。

それでも僕の寿命、たった一年。

ぬいぐるみのポケット

男四十五歳、都会に出て来てから、はや二十年を経過していた。未婚である。仕事は忙しいばかりで喜びを感じるような体験は少なかった。転職していく同僚が多い中で、自分は今の仕事を続けてきた。この職場は男性の比率が著しく高かったので、女性とは仕事の上ですら話をする機会は少なかった。いつの間にか年齢だけが高くなっていた。

男のアパートに女性が出入りしたことはこれまで一度もなかった。ところがある年の年の瀬の夜、知らない女がやってきたのだった。しかも泊まっていったのだ。嘘みたいな話だけれど嘘ではなかった。酒場で隣の席にたまたま座ったというだけなのに、女は「今夜は家に帰りたくないから、もう一軒つき合って」と言った。男もつき合っても悪くないという気分になっていた。女の声が澄み切ったように、きれいなことが場違いな印象を与えていた。

女は陽気に振舞っていたけれど寂しそうな感じが表情に滲み出ていた。そこで男のアパートに近い、たまに一人で飲みに行く飲み屋に行くことにした。その挙句、男のアパートについてくることになった。冷蔵庫の飲料水を口にした後、眠そうにしたので男は布団を敷いてここで寝なさいと言った。

翌朝男は仕事に行かねばならなかったので早くアパートを出た。鍵は入り口に置いてある観葉植物の鉢の下に置いて欲しいとメモして出かけることにした。

帰宅してみると女は一宿一飯のお礼ということか、部屋が見違えるようにきれいに片付けてあった。男が大事にしていたぬいぐるみも、汚かったせいか片付けられてしまった。見当たらないのだ。その他にはなぜか下着が何枚かなくなっていた。メモとして「近い内にまた来ます。汚れた衣類は洗濯してきます」と置手紙が書かれてあった。

しかし、一週間待っても一ヶ月待っても女は現れなかった。二度と現れないこともありと覚悟はした。名前はヨウコと言っていたが、連絡先は聞いていなかなかった。

その間、女は泥沼のような離婚交渉の悲劇を体験していたのだった。それに親の死別も重なったのである。精神的に追い込まれていてどうしても時間が取れなかった。それでも女は男の部屋から持ち出した衣類やぬいぐるみを洗濯して返しに行くつもりでいた。せめて連絡手段があれば、お互いに安心できたのだったが連絡方法がなかった。ごめん！　もう少し待って。と心のなかで言い続けていた。

親のお墓参りに行くとき、女は男に返すための包みを持って行ったけれど、手違いでそれをお墓に忘れてきた。きれいに洗ったぬいぐるみとそれとは別に新しく買い求めた熊のぬいぐるみもそこに入っていた。それに気がついたとき、急いでお墓に戻った。しかし雨のせいで二匹ともずぶ濡れになっていた。泣いているようにさえ見えた。

男がぬいぐるみを大切にしていたのには理由があった。実はぬいぐるみのお腹のところに、小さなポケットが付いていて、そこに母の形見のダイヤの指輪が入れてあったからである。それを女が盗って行ったのか、想像の範囲にあったが、どうしてもそうは思いたくなかった。男はあくまでも純情で世間知らずであった。女がもう一度来てくれると思っていたので、アパートの鍵はいつもドアの外の観葉植物の鉢の下に置いたままだった。そしてある日、女は遂にやって来たのである。二匹のぬいぐるみと一緒に。

入り口に置いてある観葉植物はその頃、小さい白い花をいっぱい付けていた。

ここに書いてきた文章、これは男の立場の作文です。随分カッコつけていますよね。女の側から見ると、違ったものになります。

私は離婚訴訟の問題に苦しんでいました。耐え難い苦痛だった。おまけに肉親の死別が重なった。離婚問題に対する家裁の調停が一段落し、父親の後始末が終わったとき、私は息抜きのために、以前に楽しむことが出来た飲み屋さんに一人で入ってみました。食事をして帰ろうと思っていたとき、空いている隣の席に男の人が座ったのね。それが男四十五歳だった。

この店に慣れていないのか彼は注文をはじめ動作に落ち着きがなかった。私がおでんを注文しているとき、彼は僕も同じのをと言ったのです。友人でもないのにさ。それに私の方をチラチラ見ようとするし、私が落としたものを拾ってくれたりした。わざと落としたのではないのよ。まあいいかと思って、この店よく来るんですかと声をかけてみた。何も期待するものは無かったが、お話は意外に面白かった。飲み過ぎたのかもしれない。

それからダイヤの指輪が熊のぬいぐるみのポケットに入っていて、それを私が盗っていったと思われてるようですが、それは違います。私は指輪が入っているることに気がついていたけれど、ガラスの模造品だと即断していたので、盗るも何も急いで返しに行くほどのものとは思っていなかったのです。だって価値のあるものなら、ぬいぐるみのポケットに仕舞いますかね。随分汚れた熊さんだったのよ。私は洗って綺麗にしてあげようと思っただけ。ほんとうに。

Ａという名前の男と結婚したきっかけは縁者の紹介だった。Ａは積極的で強引なタイプだった。男らしい人なのかと当初は思ったけれど次第に我慢できなくなった。

嫌だったのは私が何かを話し始めると、Ａは自慢話を被せてきた。私の話は何も聞いてくれないのだった。私は次第に寡黙に陥っていった。男性を見る目がまるで欠けていたことに気付かされたのね。

男四十五歳はＡとはまるで違うタイプで親しい友人を感じさせた。今のところそれだけね。でも少しは期待する気持ちがあるかな。

おわりに

小説「おGおBaそれに僕」では少年（僕）の父母のことには何も触れていない。父は戦地に派遣され戦死した。その後、母は心労から病死した。それで残された子（僕）を叔父と叔母が交互に養育することになった。物語はその子の成長を追っている。

父母のことを何も述べていないのは不自然であるが、僕にその記憶がほぼないので書き進むことができない。広報や知人に当たって調べればという読者の方には、知りたくない、書きたくないというのが本音である。

僕はよく夢を見る。僕を見守っている霊的存在が楽しい夢を見せてくれていることは間違いない。ある夢の中で僕は美しい湖の周りを散策していた。見晴らしの良いところで腰を掛けて休んでいると、前方に同じように休息し談笑している人たちがいた。その中に一人の女性がいて母親像でもあるかのように、ニコニコ笑いかけてくる。それがなぁんだ、同級生のある女子ではないか。さらに別の人物に変貌したりする。悪くはない。これが僕の母親像である。追い求めようとすると、母親像は風景の彼方に消えてしまうのだった。

あるとき、就寝時に不快な音が耳を突く。ズンズンズンというエンジン音である。隣家の親父が40％の大割引値段でエアコンを買ったと言いふらしていた。あれだなと感じた。原因を突き止めようと思った。我が家の冷蔵庫かとも思った。近づいて耳をそばだてる。違う。外に出て40％エアコンの音を確認する。違う。それでも相変わらずエンジン音が聞こえ続けている。

とつぜん、これは我が身の心臓の音と同期していることに気づく。担当医がこの前ニタッと笑ったのだ。嫌なやつだ。

僕がいつも浮かない表情をしていると、同級生の女子が近づいてきて、町の図書館にお話のうまい先生がいて本の読み聞かせをやっているよ。今度の日曜日に聞きに行かないかと言う。

　僕は行きますと答えて日曜日が来るのを楽しみにした。そのお話会は楽しいものだった。本を読むのは楽しいものだと知る。僕は毎回参加したが紹介してくれた女子は一度しか来なかった。僕は読書好きになっていった。大袈裟に言うと僕の人生の転機だったかもしれない。

　おBはおGの家からひとりで東京に帰るとき、とても寂しそうで不安がいっぱいの表情をしていた。それで僕はピョン太を連れて駅まで見送りに行った。行かないと言っていたおGも見送りに行った。このシーンをこの小説の最後に書き残しておきたい。

　僕がよく言っていたのは、前述（最終章　戦争のない世界へ）のように、隣国に親しい友人を持つこと。たったの一人でいいんだよ。多くの人々がそうすることによって、隣国との穏やかな関係が熟していくのではないか。これは若者の交流、留学、労働力の提供などによって実現できるだろう。もう一つは、各国のトップリーダーの政治家を宇宙に送り出し、宇宙から地球を眺め、自国をも眺めることができれば世界観は激変するのではないか。どちらも青年らしい主張であるが、難しいことではないと考える。

【著者紹介】

森本正昭（もりもと・まさあき）

著作履歴

「情報処理心理学」（誠信書房）１９７９
「コンピュータ要員を活かす」（誠信書房）１９８３
「コンピュータ・リテラシー」（日本福祉大学）２００１
「響き合う共生社会へ」（パレード）２００７

小説

癒し系小説「帰還」（22世紀アート）２０２０、「戦争の還暦」（文芸社）２００４を改題
「魔法の薬瓶」（全作家）２０１７、「意味ある偶然」（勢陽）２０１４を改題

「おもしろ小説講座」（全作家）２０１８
「人形の家」（全作家）２０１９
癒し系小説「きっと上手くいく」（22世紀アート）
２０２１、「意味ある偶然」を改題
癒し系小説「１００年の空白を埋めた岩石学者：菊池安と白木敬一」（22世紀
アート）２０２２

癒し系小説
おGおBaそれに僕

2023年7月31日発行

著　者　森本正昭

発行者　向田翔一

発行所　株式会社22世紀アート
〒103-0007
東京都中央区日本橋浜町3-23-1-5F
電話　03-5941-9774
Email: info@22art.net　ホームページ：www.22art.net

発売元　株式会社日興企画
〒104-0032
東京都中央区八丁堀4-11-10 第2SSビル 6F
電話　03-6262-8127
Email: support@nikko-kikaku.com
ホームページ：https://nikko-kikaku.com/

印刷
製本　株式会社PUBFUN

ISBN：978-4-88877-236-5